講談社文庫

空《くう》色《しき》カンバス

瑞空寺凸凹縁起

靖子靖史

講談社

空色《くうしき》カンバス　目次

空色《くうしき》カンバス

瑞空寺《ずいくうじ》凸凹《でこぼこ》縁起《えんぎ》

この作品は父に捧げる。
誠実な僧侶だった父に。
鯉と野球とさだまさしが大好きで、いつも笑顔だったお父さんに。

プロローグ――慈悲

我が子を命をかけて守る母のように、かぎりなく生きとし生ける者を包容する心を養え。全世界の上下左右にかかわりなくひろやかに、憎悪なく、敵意なく、かぎりない慈悲の心を養え。眠っていないかぎり、立っている時も、歩いている時も、坐《すわ》り、横になっている時も、この念《おも》いを確固たるものとなせ。

『スッタニパータ』一四九―一五一

好きの反対は無関心であると説いた、偉大な老女がいたそうな。あたしが生まれるよりも、少し前の話だとか。

あたしがその言葉を聞いたのは、女受けの悪い女英語教師がさも自分で思いついた言葉であるかのように滔々《とうとう》と語ったときだった。きつめの口紅《べに》が塗りたくられた唇《くちびる》が、ぺちゃくちゃぺちゃくちゃ動いて生理的に受け付けなかったのをよく覚えている。

その言葉を老女の口から直接耳にしていればまた違う結果だったかもしれないけれど、そのときあたしが持った感想は「いやいや、ごまかすんじゃないよ」だった。

だって、「好き」の反対は「嫌い」でしょうよ。当たり前じゃない。

まあ、嫌いになると無関心にもなるってのは分からなくない。女英語教師がイケメン体育教師に色目を使ったとかなんとかで、腹を立てて罵詈雑言《ばりぞうごん》を吐き出しているクラスメートがいたけども、あたしにとっては教師のほうも生徒のほうもすさまじくどうでもいい感じだ。

あたしが許せないのは、「嫌い」という感情は好きの裏返しだとか、あるいは相手にまだ関心のある状態だから救いがあるとか、そういう訳の分からん妙ちくりんな屁理屈を並べて、「嫌い」って感情をオブラートに包もうとしてるところなのだ。

そういうどっちつかずないい草が、それこそあたしは虫唾《むしず》が走るくらいに「嫌い」なのだ。

嫌いなもんは嫌い。それしかない。

そんなあたしはなにかにつけて好き嫌いが多い。グリーンピースが食べられないことに始まり、友達も少なめ（無意味にわらわら群れるのも嫌いだ）、数学と地歴の授業はたいてい寝ている。

だけど、好きなものだっていっぱいある。

チーズケーキはベイクドもレアもスフレも好きだし、数少ない友達は大切にしたい。そしてなにより、あたしは美術が好きだ。絵を描いているときは本当に楽しい。人の絵をみるのも好きだ。

バファリンの半分はやさしさでできているらしいけど、あたしの半分は「好き」という気持ちで、もう半分は「嫌い」という気持ちで成り立っている。この二つが交わることなんてありえない。

好き嫌いなく、なにもかもを受け入れるだなんて、上《うわ》っ面《つら》は綺《き》麗《れい》かもしれないけど、なんだかつるつるしたノッペラボウみたいだ。正直いって、気持ち悪い。

——静まり返った美術室で、あたしは思わず顔をしかめた。

真っ白い画布が、拒絶するように目の前に立ちふさがっている。一筆も入っていない、進歩も発展もないカンバスだ。

課題の油絵が、難航していた。

絵を描くのが好きでも……調子の悪い日だってある。そして、どうもあたしはこんなとき、余計な考えを巡らして自分で自分の首を絞めてしまう悪癖《あくへき》があった。

窓の外から、大会予選に向けて練習に励むソフトボール部の声が微《かす》かに届いた。美術部員はあたし以外みんな運動部を掛け持ちしているので、今日参加したのはあたし一人だ。集中するにはもってこいの環境のはずなのに、どうにも筆が乗っていかない。

これはきっと、あの女のせいだ。

指先で絵筆を弄《もてあそ》ぶと、カンッと高くボールが飛んだ音が響いてきた。

……そういえば。

生きとし生ける全てを愛せと説いた、偉大なお坊さんがいたそうな。あたしが生まれるよりも、約二千五百年前の話だとか。

もちろんそんな「お説教」はあたしの嫌いな最たるものなわけだけど、どんな皮肉かあたしの生まれ育った場所はなんと、お寺だった。

あたしにとって、お寺は家だ。

お釈迦《しゃか》さんの説いた教えは今一つピンとこなくても、お父さんや、歳の離れた兄ちゃんが頑張って守り、顔なじみのお檀家《だんか》さんが優しい顔でお参りに来てくれるお寺は、あたしには一番大切な場所だ。

——そんな、あたしの大好きなお寺に、

あたしの「大っ嫌い」な、あの女はやってきたのだ。

第一章——識

ものごとは心にもとづき、心を主とし、心によってつくり出される。もしも汚れた心で話したり行なったりするならば、苦しみはその人につき従う。——車をひく（牛）の足跡に車輪がついて行くように。

ものごとは心にもとづき、心を主とし、心によってつくり出される。もしも清らかな心で話したり行なったりするならば、福楽はその人につき従う。——影がそのからだから離れないように。

『ダンマパダ』一―二

1

その日、あたしの生活はいつも通りに始まった。

朝起きて、鏡の前で歯を磨いて顔を洗い、頭の後ろで髪を結《ゆ》う。ポニーテールを結うときには後生《ごしょう》だから前髪は分けず自然に下ろしてくれ。どうかデコは出さないでというのが兄ちゃんの口癖だ。その言葉に毎朝付き合ってやるあたしはなんだかんだで兄思いなのかもしれない。

セットを終えたら階段を下りて台所へ急ぐ。今日の当番はあたしなので、いくつか片付けないといけない仕事があった。

四年前にお父さんを失ってから、あたしと兄ちゃんは毎日交代で早起きをする日が続いていた。五時前に起きて、朝の鐘を鳴らし、本堂の仏さんにお膳を供《そな》えてから、あたしたちの分の朝食を作る。今日の献立はハムエッグ、トーストだ。あとはなんか適当に野菜を刻む。それで十分。

だいたい一時間くらいかけて仕事を終えたあたしは、制服に着替えてから兄ちゃんの部屋をノックした。

「ちょっと、兄ちゃん。六時過ぎたよ。起きなよ」

「んー……。んふー……」

ドア越しに寝ぼけ声が聞こえた。朝が弱いのは、兄ちゃんの弱点だ。ハムエッグを焼いているときから何度か目覚ましのアラームが鳴ったのに、まだ布団《ふとん》から出てないみたい。

あたしは強めに戸を叩いた。「こんこん」ではなく「ごんごん」くらいの音がするように。

「……入ってますよー……」

「知ってるわ」

がらがらと戸を開いた。寝坊するやつにプライバシーは存在しない。

「ゆかり……おはよう」

「なぜ掛布団にこもる」

「あったかいから」

「ひっぱぐよ」

宣言と同時に、あたしは兄ちゃんが包《くる》まっている布団を剝《は》いだ。

中から坊主《ぼうず》が現れた。

足元に転がる、長身やせ形の微妙に頼りなげなお坊さんが、あたしの兄ちゃんの日《ひ》比《び》野隆道和尚《のりゆうどうおしよう》だ。なんとこれでもうちのお寺、その名も久遠山瑞空寺《くおんざんずいくうじ》の第二十五世《せい》住職……らしい。心配だ。昔からそうだったけど、近頃余計に忘れっぽくなった気がする。歳はあたしと十一も離れていて、今年で二十九歳になった。もう三十路《みそじ》も間近だ。

「動かぬ。悟りを得るまで、僕はここを動かぬ」

「動け。悟る前に庭を掃け」

そういい残して、あたしは踵《きびす》を返した。後方から「うっうっ眠いよう」と情けない嗚咽《おえつ》が聞こえたけど、いつものことなので気にしなかった。

ミルクコーヒーを一口すったところで玄関が開く音がして、トーストの耳を齧《かじ》り終えた頃にまた同じ音を耳にした。兄ちゃんがようやく一仕事終えたようだ。

「ゆかり、おはよう!」

「それはさっき聞いたけどおはよう」

箒《ほうき》を動かしているうちに目が冴えたのか、先程とは人が変わったような朗《ほが》らかな顔つきで、兄ちゃんが食卓に着いた。寝起きだけ別人という人間の典型だ。近眼の兄ちゃんは眼鏡《めがね》をかけているのだけど、これなしでは調子が出ないのかもしれない。

手を合わせて、食事前の簡単なお唱えを済ませてから兄ちゃんは朝食に箸《はし》をつけ始める。逆に、あたしは「ごちそうさま」をいった。

食器を流しに運んでから、あたしは蛇口を捻《ひね》った。昔ながらの十字の取っ手が微かな金属音を上げた。

「ん？　いいよ、片付けは。もう学校行ったほうがいいだろ」

こんがり焼けたハムをもぐもぐしながら兄ちゃんはいった。

「大丈夫。まだちょっと余裕あるし」

「や、というより、お前が皿洗いをするのはあまり大丈夫ではないような――」

そんな不名誉な発言を耳に入れてしまったせいか、あたしの手元は一瞬だけ硬直した。次の瞬間、「ぱりん」という儚《はかな》くも美しい音が響き渡る。

つまり、そういうことだった。

「おおおお。マ、マグカップが。マグカップが真っ二つに！」

「……またかい」

「ま、またじゃない。またではないよっ。久しぶりだからね、これは。そ、それに兄ちゃんが余計なことというから手が滑《すべ》ったんだって」

「人のせいにするなよ」

あたしは双子に生まれ変わったマグカップのお姉ちゃんのほう（耳付）をつまみ上げた。かわいそうに。ごめんなさい。

これを片付けていては、間違いなく遅刻だった。

「あの、兄ちゃん？」

「んー」

「悪いけど、お言葉に甘えさせてもらいます」

「はいよ。任せとけ」

すごすごと引き下がったあたしは、ダイニングルームの隅に置いておいた通学鞄《かばん》を手に持った。

「じゃ、いってきます」

「いってらっしゃい。気をつけて」

そうだ。

これも、いつも通りのやり取りだった。

2

あたしが生まれ育った町は、田舎《いなか》にしてはそこそこ発展している、便利といえば便利だけど、物足りないといえば物足りないところだった。同学年には大学に受かってさっさとここを離れたいという子も大勢いるけれど、あたし自身はこの町は決して嫌いじゃない。

この町は色が鮮やかだ。それはきっと、田舎だから緑が多くて空が澄んでいることが大きいのだろうけれど、それだけではないように思う。多分、住み慣れた町だからだ。変化が緩《ゆる》やかでのどかな風景は、パレットに落とした色をゆっくりゆっくりのばしていく感覚に似ている。

そんな町の一画に、あたしの通う女子高は建っていた。家からは徒歩で二十分くらいだ。通学途中には田んぼもあれば川もあり、ローソンもあればサーティワンもある。ここはそういう町なのだ。

女子高では特別なことはなかったけど、このところ悩みの種はずっとあった。

――進路希望調査だ。

あたしは十七歳の高三で、今は五月の下旬だった。

昼休み、第三候補まで白紙のままの用紙とあたしは睨《にら》めっこしていた。悶々《もんもん》としてため息を吐《つ》いたとき、横からあたしと対照的に悩みのなさそうな声がした。

「ゆかり、なにやってんのー？」

クラスメートの麻里乃《まりの》だった。あたしより少し背の高い麻里乃は、髪の量もちょっとだけ多い。肩まで伸ばした麻里乃の髪は、さらさらしていて健康的だ。生まれつきなのか髪色は茶色がかった淡い色をしていた。

「おー。進路希望なり」

「そーだよ。だから今考えてんの。ジャマしないで」

「まだなにも書いてないじゃーん」

「悩んでんの。そういう麻里乃は書けたわけ？」

「私？　私もう出したよ」

当然でしょ？　という感じで、麻里乃は不思議そうに目をぱちぱちさせた。驚いたあたしは、口が半開きになった。

なんと。まさかもう進路を決めていたとは。あたしは嬉しいような、ちょっと悔しいような、どう表現したものか、いい意味でいらっときたような（？）、そんな生温《なまぬる》い気分を味わっていた。

「……え。そなの。なんて書いて出したか、聞いてもいい？」

「別にいいよ」

「あっさりしてるなあ。いや、助かるけど。なにを志望したのさ」

「看護だよ」

なに食べてるの？　――ハンバーグだよ。そんな調子で麻里乃は答えた。

「へえ……。看護」

「うん」

看護、か。

なんだよ。すごく手堅いし、とても真面目《まじめ》な、いい答えじゃないか。それに、いわれてみれば似合っている……ようにも思える。麻里乃はこれで、手早いときは手早い。なにより優しいやつだ。ピント外れなところもあるけど。

「あのさ、参考までに聞きたいんだけど、どうして看護にしたのか教えてくれない？別にそんな、難しく考えなくていいから」

「え。どうしてって、そりゃあ」

麻里乃はふっと天井を見上げた。うーんと緊張感のない唸《うな》り声を十秒続けてから、麻里乃はやっとあたしの顔をみた。

「看護師になりたいから」

全身の力が抜けてしまった。あたしの十秒を返して欲しい。

「……あのねえ、あんた、看護学校に通って、美容師になれるとお思いか？」

「え。なれるわけないじゃん」

逆にあたしを小馬鹿にしたような視線を返すと、麻里乃はぽつっとこう続けた。

「なんかさ、小さい頃から、なりたかったんだよね。看護師に」

なぜだか知らないけれど、それは異様な説得力を持った言葉だった。これだから、この子は、しっかりしていないんだか、いるんだか、よく分からないのだ。

「――で、ゆかりはなんて書くの？」

「考え中！」

これでもあたしは、よく、いろんな人から「しっかりしている」とは、いってもらえるのだけど。

3

結局白紙のままの用紙を鞄に放り込んで（締め切りはもう目前だ）、その日、あたしは放課後真《ま》っ直《す》ぐ下校した。

早く帰ることができる日は、たいていあたしが晩御飯を作る流れになる。買い出しは昨日済ませたばかりだった。冷蔵庫には、豚肉と、ニンジンと、ネギと、それにナスがあったはずだ。ナスならば豚肉を抑えて主役を張れる。

「焼きナスか、甘辛く煮込むかな」

味噌《みそ》で炒《いた》めよという天啓を得たのは、玄関の引き戸に指をかけたときだった。定番ながらも懐《なつ》かしい味を思い出してウキウキしたあたしは、いつもより少しだけ明るい声を出した。

「ただいまー！」

一歩家に踏み入ったあたしは、二歩目を進めることなく立ち止まった。

目の前に、知らない女の人がいた。

「あ……。お、おかえりなさい？」

女の人は、戸惑い気味にそういった。

二十代後半くらいだろうか。綺麗な黒髪が、長く伸びている。美人だ。左目の下に「泣きぼくろ」がぽつんとあって、その奥から、同性のあたしでさえ惹《ひ》きつけられそうな、ねっとりした魅力が立ち上っていた。

「だ、誰？」

思わずそう尋《たず》ねてしまったのは、その人が玄関に立っているのではなく、靴《くつ》を脱いでうちの中にまで上がり込んでいたからだった。見知らぬ人間がうちの中に突然現れたら、誰だって仰天《ぎょうてん》する。

ただ、どことなく空気が緩んでいるというか、緊迫感に欠けてしまいもした。

女の人の髪は濡《ぬ》れていて、その頰《ほお》にはうっすら赤味が差していたのだ。極め付きに、首から肩にバスタオルをかけていた。

——お風呂、あがり？

な、なんで？

あまりにも状況が呑み込めず、あたしはぽかんと口を開けたままで女の人の言葉を待った。でも、その人は気恥ずかしそうにするばかりで、あたしに名乗ることも、事情を説明することもない。

いよいよ一〇番を考えたあたしが後ろ手で携帯電話を鞄から抜き出そうとしたとき、兄ちゃんの能天気な声がいきなり響いた。

「おー、ゆかり。おかえり。ちょうどよかった」

「あ！　兄ちゃん、ねえちょっと……」

「まあまあ。なにが聞きたいかは分かってるから、とりあえず上がって、お茶でも飲みながら話そう」

兄ちゃんはいつもの調子でそんなことをいった。納得のいかないあたしをなだめるような目でみてから、横にいる謎の女の人にも声をかけた。

「とにかく、千尋《ちひろ》さんもこちらへどうぞ」

女の人の名前は、「ちひろ」というらしい。

それであたしは、とある某有名アニメーション映画のタイトルと、その主人公の少女のことを思い出した。一人ぼっちになってしまった主人公の少女は、お父さんとお母さんを助けるために、何度も何度も魔女に向かってこう叫ぶ。

ここで働かせてください！

4

兄ちゃんが急須《きゅうす》からお茶を注《つ》ぐ間も、あたしはきゅっと両肩をすぼめたままで、女の人——ちひろという名の女性の全身をつぶさに眺め回していた。

みればみるほど、美人だ。お婆ちゃんのお檀家さんが芸能人をよく「お人形さんみたい」とたとえるけれども、本当にそんな感じだ。

でも、その恵まれた顔立ちに比べると、ずいぶんと地味な格好《かっこう》を女の人はしていた。アクセサリーの類《たぐい》を一切身に着けず、シンプルな長袖Tシャツにパンツ姿だった。言葉は悪いけども、華がない。

はっきりいって、似合っていなかった。女の人はあたしの視線に気が付いているのか、避けるように身をよじって、キッチンや食器棚のあたりに顔を向けている。不安げな小動物のように忙《せわ》しなく目を動かしていて、まるでなにか探しているみたいだ。

「はいよ」

淹れたてのお茶を兄ちゃんがあたしに差し出した。湯呑《ゆのみ》から湯気がうっすら上って、茶葉のいい香りがほんの少しだけあたしを鎮《しず》める。それから兄ちゃんはどら焼きを箱ごと出して、一つずつ配った。栗入りのやつだった。

「お茶の習慣を日本に広めたのは、臨済宗《りんざいしゅう》開祖の栄西《えいさい》和尚だといわれてるそうです」

口調から察するにそれはあたしではなく女の人に向けられた言葉だったけど、あたしも知らなかった。知らないけどどうでもいいやと判断したあたしは、いろんな意味でお茶を濁《にご》す気満々の兄ちゃんを遮《さえぎ》って、口火を切る。

「そんなことよりも、他に話すことがあるでしょ」

「なんだとう。ゆかり、禅とお茶の密接かつ重要な関わりが、そんなことだってのか。受験生なら『喫茶《きっさ》養生記《ようじょうき》』くらいは知っといたほうがいいぞ」

いらっときてしまった。あたしは日本史の授業は眠いし、それに、受験するかなんて、まだ分からない。高校三年生だからって、必ず大学を受験するとは限らないんだ。

「ちなみに、僕は昔、自信満々で喫茶店養生記と書いてでっかいバツをもらった」

兄ちゃんを無視してあたしは女の人に向き直った。その目を見据えて聞いた。

「あなたは、誰ですか？」

女の人は視線を横に逸《そ》らした。口が重そうで、もにょもにょと、話したくても話せないような、そんな焦れったいリアクションだ。

「あのな、この人は小早川《こばやかわ》千尋さんといって、どうもいろいろと複雑で訳ありな事情を抱えていてだな」

「兄ちゃんに聞いてないよ」

助け船を出そうとした兄ちゃんを一蹴《いっしゅう》し、あたしは続けた。

「どうして——」

うちにいるのか、お風呂上がりなのか、変に地味な出で立ちなのか、そして、そんな後ろ暗そうな表情をしているのか。

たくさんの疑問が一度に喉《のど》まで駆け上がってきて、逆にあたしは言葉がつかえてしまった。食道を逆流したものを、慌《あわ》てて飲み込んでしまうように。

気まずい沈黙に耐えかねたのか、女の人は訥々《とつとつ》と、やっとのことで声を出した。

「その、わ、私は……小早川、千尋といいます。千に尋ねると書いて、千尋です。今日は、あの、こちらのお寺さんにいろいろと助けて頂いて、大変恐縮ですが、そのままご厄介になる形に……」

「ご厄介？」

「ああ。今日のところはうちに泊まってもらうことになったから。それでさっき、風呂もお貸ししたんだ」

「はい？　え、ちょぃ、待ってよ。なにがどういうことなの？」

まるで意味が分からない。

「ちょっと落ち着けよ。茶が冷めるぞ」

そういわれて、あたしは湯呑に目を落とした。確かに、一息ついたほうがいいかもしれない。このままでは頭がうまく働きそうになかった。

ごくっと一口緑茶を飲む。いいお茶だ。お客さん用の茶葉を使っていることが分かった。同時に、あたしは自分がちょっとした失礼をしていることにも思い至った。

「……ごめんなさい」

湯呑に囁《ささや》きかけるようにして、あたしは女の人――小早川千尋さんに小さく頭を下げた。千尋さんは、自分が謝られたことは理解したみたいだけど、なぜなのかは分かっていないみたいだった。

「いえ、名前。こっちが聞くばかりで、いい忘れてたので。あたし、日比野ゆかりです。平仮名でゆかり。そこの」

そこであたしは言葉を切って、隣にいる、へらへらしたつるつる坊主をみやった。

「うちのお寺の住職の、妹です」

「あ、はい。ご丁寧《ていねい》に、すみません」

千尋さんは深々とお辞儀《じぎ》をした。あたしもぺこりと合わせてから、悟られないように小さくため息を吐いた。身体に耳を澄ませて、あたしは自分の心臓の音を聞く。まだ、ちょっと動悸《どうき》がしていた。

静まれ。冷静になろう。

「えぇっと、千尋さん――で、いいですか？」

あたしは年上の人だろうと下の名前で呼ぶ癖がある（もちろん、場面と人は選ぶけど）。名字で覚えてしまうと、一家でお参りに来られたときに困るからだ。

「は、はい」

「率直に聞かせてもらいますけど」

「はあ」

千尋さんは不安そうに、大きな瞳であたしを見詰めた。あたしは再び速まってきた鼓動を抑えるために、胸いっぱいに空気を吸ってから、思い切っていった。

「あ、あなたは、その、兄ちゃんの彼女さんなんですか!?」

「……はい？」

「や、やっぱり――」

「えっ!?　いえ、いえいえ、まさか」

あまりの衝撃に、あたしは言葉だけでなく身体全体まで逆さまになりそうな勢いだった。具体的に説明すると天を仰ごうとしすぎてブリッジしかねなかった。

「なにをやっているというか、なにをいっているんだお前は」

「……兄ちゃん」

日比野隆道、二十九歳、独身で、あたしの兄だ。四六時中ふざけてばっかりで、常ににやにやしているような人なのに。

「人の話を聞いてるのか」

「この世の終わりだ！」

「一〇五二年。末法《まっぽう》元年」

「日本史は嫌い」

はっと我に返ったあたしの前には、若干《じゃっかん》顔を赤らめて戸惑う千尋さんと、半笑いを浮かべた兄ちゃんの、二人の顔が並んでいた。

「まあ、そっか。事情も知らないままばったり会ったわけで、そう考えてしまうのも無理はない」

兄ちゃんが軽く笑った。

「が、残念ながら違う、僕も千尋さんに会ったのは、今日が初めてだよ。初対面だ」

千尋さんは特に口を挟もうとはしなかった。

「で、でも、じゃあ、なんでなの？」

この女性はなにゆえうちのお寺に上がり込んだあげくに、湯船にまで浸かるのか。関係ないけど、髪の濡れた大人の女性はどうしてこうも色っぽいのだろう。髪の色に黒々とした艶《つや》があって、羨《うらや》ましい。

「それをこれから説明しようとしているのに、お前が人の話を聞かないから」

「だって……」

あたしは気恥ずかしくなった。だけど、自分でもよくわからないくらい、あたしの心は揺れていたのだ。この、千尋さんに出会ってから。

「とにかく、まずはゆっくり話そう。僕もどうしたもんかと思案してるとこだし、お前の協力もいるだろ。千尋さんも、ちょっとは落ち着いてきましたか？」

こくりと千尋さんが頷いた。

「はい。おかげさまで、大分」

「それはよかった。さて、そんじゃあ今度こそお茶でも飲みながら話したいんだけど、その前に一つ」

兄ちゃんはあたしの様子を一瞥《いちべつ》してから、湯呑に口を付けた。

「どうしたの？」

「ゆかり、お前は制服のままでいいのか？」

あたしは視線を下げて自分の首から下を眺めた。帰宅直後の格好のままで、制服を着っぱなしだった。……これはどうも、もうちょい頭を冷やさなきゃ。

5

いつもと違って、なにに着替えるべきか迷ってしまった。

普段通りの部屋着で済ませるのはなんとなく嫌だったし、明らかに余所行《よそゆ》きといわんばかりのお洒落《しゃれ》をするのはもっと嫌だった。

結局、比較的ましな部屋着のドット柄のシャツとパンツ（こいつを兄ちゃんが頑《かたく》なに『ズボン』と呼ぶのが理解できない）に、お気に入りのカーディガンを羽織《はお》るというバランスをあたしは取った。

鏡の前でため息を一つ。

あたしは一体なにと闘っているのだろうという自虐《じぎやく》的な気持ちも入り混じりつつ、姿見をチェックする。唇が乾いていたので、リップクリームを取り出して塗った。

二階の自室を出て階段を下り、ダイニングルームに戻る。兄ちゃんと千尋さんはゆったりと談笑していた。

「おまたせ」

「おう」

着替え終わったあたしを一目みて兄ちゃんはなにか気が付いたような顔をしたけど、特別口には出さなかった。こういうときの兄ちゃんはあたしにもよく分からない。いつもふざけているくせに兄ちゃんには変に聡《さと》いところがあって、両極端なのだ。ファッションに興味がないことだけは間違いないけど。今だって朝の作務衣《さむえ》のままだし。

「なんの話をしてたの？」

「ああ、こういったもんのことだよ」

兄ちゃんがそばの食器棚やオーディオコンポが置いてあるスペースに視線をやった。そのプレーヤーの上には、ガラスでこしらえた小さな象が飾ってあった。

「ほら。いろいろ、妙なものが多いだろ。うちは」

象の長い鼻を、兄ちゃんは指先でつっとなぞった。

この象は、昔、お父さんがインドで買ってきたものだ。お釈迦さんが生まれる前に、お釈迦さんの母親は真っ白な象が自分のお腹に入っていく夢をみたそうな。

「――お父さんのね」

お寺というところには飾り物が多々ある。普通は、壺《つぼ》や掛け軸、それにお花あたりなんだけど、うちのお寺の場合はガラス細工がそこかしこに飾ってあった。

お父さんが、生前好んで買い集めたものだ。

「その、綺麗なものがたくさんあるので、気になったんです」

千尋さんが微妙に申し訳なさそうにいった。お父さんが四年前に他界したことも含めて、兄ちゃんから事情を聞いたのだろう。こういう気遣いのできる人は嫌いじゃないけど、反応にはちょっと困る。

気にしないでくださいと、そういえるのが大人なのかもしれない。でも、そんなふうにさらっと話せるほどに、あたしは強くはないのだ。あたしと兄ちゃんをずうっと支えてくれた、優しかったお父さんの声はもう聞けない。

あれから、はや四年なのか、まだ四年なのか。

──分からない。

「うちの人はね、遺伝なのか知らないけど、美術好きが多いんですよ。僕の祖父に始まって、ここの先住《せんじゅう》もその影響かこういったものがお気に入りで。それから、僕は元美術部で、ゆかりは現役の美術部員なんです」

沈黙というにはあまりに短い時間だったけど、兄ちゃんは鋭く嗅《か》ぎ付けたのだろう。明るい口調だった。

一度お茶に手を伸ばして喉を潤《うるお》してから、兄ちゃんはにっこりと笑った。

「年代物のガラス細工もいくつか混ざってますからね。もしかしたら、どこかに掘り出し物があるかもしれませんよ」

その言葉に、あたしの身体はぴくりと反応した。自分の耳が仄《ほの》かに熱を持ったようで、ついとっさに口を挟んでいた。

「そんなもの、どこを掘っても出て来やしないよ」

「分からないもんだよ。物の価値なんてな」

兄ちゃんはもう一度、意味ありげに口の端を吊《つ》り上げた。

「そんなことよりも」

照れ隠しも含めて、あたしは語気を強めた。兄ちゃんの横では千尋さんが不思議そうにしていたけど、教える気にはもちろんならない。

というか、そもそも教えてもらわなきゃならないのは、こっちのほうなのだ。

「いい加減、なにがどうなっているのか話してよ」

「ああ、そうだった。それが先だった。忘れてたよ」

嘘《うそ》つけ。こんな大事、忘れるわけがない。

大事だから、話す前にワンクッション置いたに決まってるんだ。

指摘したところで話が進展するとも思えなかったので、あたしは黙って兄ちゃんを睨みつけた。兄ちゃんは「おいおい」とでもいいたげな顔をしてから、眼鏡のつるをちょっといじり、やっと重たい口を開いた。

「——あ。そうそう、この辺りでは葬儀と一緒に済ましてるのは開蓮忌《かいれんき》であって本当は初七日《しょなのか》なわけじゃないんだけどさ」

「おいこら」

第二章――業

ある行為をした後で、それを後悔し、涙を流して泣きながら、その報いを受けるなら、その行為をしたことは善《よ》くない。
ある行為をした後で、それを後悔することなく、喜び、嬉しく思いながら、その報いを受けるなら、その行為をしたことは善い。

『ダンマパダ』六七―六八

1

平日というのは、僕たち坊さんにとってはそれほど忙しい日ではない。法事が集中するのは祝日、休日で、人の集まりにくい平日はむしろ暇なことが多い。そういうとき僕たちがなにをしているかというと、決して遊んでいるわけではなく、多くの場合は檀務（法事や葬式）以外にたまった雑務を片付けている。

細かいところまで覚えてはいないが、ゆかりを見送った後は、寺務室《じむしつ》で書き物――位牌《いはい》や塔婆《とうば》に戒名《かいみょう》やなんかを入れる作業を僕は始めたはずだ。近頃は全自動で塔婆に文字をプリントできる文明の利器が存在するらしいが、さすがにそこは手書きにこだわっておきたい。

昼飯を一人で済ませたあと、十二時過ぎに文江《ふみえ》さんがやってきた。文江さんは、父の生前からお世話になっている五十代のお手伝いさんだ。寺の檀家さんで世話人でもある。二十年以上の長い付き合いで、留守番や、ときどき家事も手伝ってもらっていた。お子さんはいないが、旦那さんはどうやらやり手らしい。

「文江さん、お世話になります」

「いいえ、お気になさらず。今日は留守番以外にはなにか？」

文江さんは慣れた様子でうちに上がりながら尋ねた。靴を揃《そろ》えてから立ち上がる際、小声で「ヨッコイショ」と呟《つぶや》くようになったのはここ二、三年の話である。昔に比べると、最近は若干恰幅《かっぷく》もよくなりつつある。

「はい。それじゃあ、洗濯だけお願いできますか」

「あら。お昼時ですけど、ご飯のほうはいいの？」

「ああ、さっき自分で作って食べたんで、大丈夫ですよ」

答えながら、僕は嫌な予感を覚えていた。この文江さん、僕の母が亡くなってからというもの、自分が僕とゆかりの母親代わりだと思っている節《ふし》があり、大変ありがたいことに、それこそ本当の母親のように僕たち兄妹《きょうだい》を心配して心配して心配しすぎるきらいがあるのだ。

「食べたって、なにを食べたんです？」

じろり、という音が聞こえてきそうだった。

同時に、ぎくり、という音を聞かれたようでもあった。

「い、いいえ。うどんですよ、うどん」

語尾に、できる限り聞き取れないよう絞《しぼ》った声量で「冷凍の」と付け加えた。

「うどんねえ。前に聞いたときも、うどんっていってたような気がするけどもねえ」

「うどんが好きなんです」

これは本当だ。うどん最高。ちなみにホット派。

「うどん好きったってねえ、毎日毎日冷凍うどんじゃあ、ちょっと心配だわねえ。今は若いからいいかもしれませんよ。でもねえ、ちゃんと栄養を取っておかないと、すぐに身体にがたが来始めますからね。ちゃんと野菜も取らないと。うどんでも構いませんけどね、ネギ刻んで入れるとか、ホウレンソウを茹《ゆ》でて入れるとか、生卵を落とすとかね、いろいろできるじゃないですか。ねえ」

「おいしそうですね」

想像したら、お腹《なか》が空《す》いてきた。

「心配心配。私は心配ですよ。隆道さんになにかあったら、あの世で泰隆《たいりゅう》さんにも由紀子《ゆきこ》さんにも私は顔向けできないんですからね。もっと頼ってくれてもいいんですよ。お昼ご飯作るくらいなんでもないんですから」

出てきたのは僕の父と母の名前だ。僕の名前は、父の名から一字とってつけられたものだ。ちなみに、昔の読みは隆道《たかみち》だった。音読みで僧名になるよう名づけておくと、正式に出家した際、戸籍変更をしなくても済む。戸籍には読み仮名は登録しないからだ。

「いやいや。十分、頼りにさせてもらってますよ。今日だって助かってますし」

とはいえ、昼時に料理支度《じたく》を頼まなかったのには理由があった。いや、文江さんの料理の腕に問題があるわけではない――。

頼ってほしい、なんでもないと口にしておきながら、文江さんは料理に取りかかり始めるとこれを一転させる癖があった。まな板をトントンしながら、「いつまでも私がこうしてるわけにいかない」とか、その手のことをぼやき始めるのだ。無論、文江さんに意地悪をする気がないことは僕だって承知している。おそらく、ぼやいてはいても、料理を作ること自体は喜んで引き受けてくれているのは間違いない。

では、なぜぼやくのか？　――というのも、この人はとにかく『あの単語』を僕の前で出したがっているからなのだ。

多分、今日はそろそろ出てくるなあ、と。

お昼をお願いしなくても結局は聞く羽目《はめ》になるんだよなあ、と。まさにそう思っていた頃合いだった。

「やっぱり、『お嫁さん』よねえ、『お嫁さん』。隆道さんも、そろそろいい歳でしょう？　そりゃあ、泰隆さんが亡くなってしばらくの間は、それどころじゃなかったのは私だってよう く分かってますよ。でもねえ。そろそろ、いいんじゃありません？　もう正式に住職を継いだわけですからね。いい加減、身を固めるってのも悪くありませんよ。したら、ねえ。私も安心してあの二人に会いに行けるってもんじゃありませんか」

ほら出た。

『お嫁さん』

「そんな、文江さんはまだまだお若いじゃないですか。そんな心配しなくても……」

「やあねえ、お若いなんて。五十超えたら皆もうオバチャンなんだからああた！　って、あらやだ。私のことといってるんじゃありませんよ。隆道さん、ああたの話をしてるんですから。ねえ」

「僕、ですか。うーん、いやほら、僕なんか未熟者ですし、お嫁さんとか、そういうのはちょっと早いんじゃないかなあ……。とりあえず、ゆかりが学生の間は……」

「いいんですよお未熟で！　結婚なんてね、未熟者同士がくっついて、お互いを支えあうんですからね。ああもう、心配ねえ。もうホント、いっそお見合いでもなんでもしてみて、とりあえずくっついてみたらどうかしらねえ。こういうのは、タイミングというか、切っ掛けさえありゃなんでもいいんだから。どこかにいい人いないんですかね。お嫁さんお嫁さん。どこかに転がっちゃいないかしらお嫁さん。転がり込んできやしないかしらお嫁さん」

　手首をパタパタと動かしながらモーレツに心配する文江さんをみていると、口元が緩んだ。うっとうしくもあるけど嬉しくもある。

「んーまあ、文江さん、そんなに心配しなくても。そのうち、なんとかなりますよ。多分」

「そのうち、そのうちっていってる間に、私がお墓に入らなきゃいいんですけどね」

　それだけ手と口が動けば当分心配いりませんよ、という台詞を呑み込んで、僕は腕時計に目を落とした。そろそろ一時を回りそうだった。

「それじゃあ、文江さん。僕はこれから一時間ほど外に出ますので、すみませんがその間は留守番を」

「ああ、はいはい。じゃあ洗濯物は、いつも通りで構いませんね？」

「お願いします」

切り替えが早いところが、文江さんのいいところなのだ。

2

目的の場所は市の美術館だった。もともと美術品の好きな僕にとっては馴染《なじ》みのある場所ではあるが、今日は特別な理由があった。

ゆかりの絵が全国コンクールでかなりいいところまで行き、凱旋《がいせん》してから一時展示されることになったのだ。たとえ兄バカといわれようと、これは足を運ばざるをえない。ゆかり本人は僕にそのことを教えてくれなかったのだけど、先日行った三者面談で担任の先生から聞いた。ゆかりからは絶対行くなと釘《くぎ》を刺されたが、妹の照れ隠しなど、兄はいちいち真《ま》に受けはしない。

美術館は駅付近の、この界隈《かいわい》では比較的栄えた、車通りの多い道路沿いに建っている。外装は重厚なレンガ造りで、どことなく風格があった。

自動ドアを通ると、正面カウンターが目に入る。受付事務員の女性もすでに見知った顔だが、いまだに名前は知らなかった。田舎町では、そういうことはままある。

入館料を払おうと作務衣のポケットから財布を引っ張り出したとき、ふいに男性の太い声で名前を呼ばれた。

「おや、たかみち君」

振り向くと、声の主《ぬし》はスーツ姿の壮年男性だった。彫《ほり》の深い面立《おもだ》ちは声のイメージとぴったり合う。年齢は、ちょうど僕の父と同世代だ。

この人は父の古い友人だった。

「館長。お久しぶりです」

僕はぺこりと頭を下げた。男性は上園《うえぞの》さんといって、父とは同窓生であり、今はこの美術館の館長を務めている。以前は受付をしていたはずだが、叩き上げで出世したそうだ。昔はいろいろと苦労もあったらしいが、現在は絵に囲まれて、幸せそうだ。

僕自身とこの人との関係は顔見知りといった程度で正直名前もうろ覚えだったのだが、四年前の父の葬儀をきっかけにときどき言葉を交えるようになった。

「今日は妹さんの？」

「そうです。えっと、やっぱり二階ですか」

「そうだよ。特別展のほう。県下の出展作品を集めてあるけど、妹さんのは一番目立つところに飾ってある。いや、別に贔屓《ひいき》したわけじゃないよ。なんせ優秀賞だ」

「ありがとうございます」

ゆかりは、ある意味で僕よりも美術館の常連だった。中学から数えれば、簡単な個展が開けるくらいの数の作品がここで展示されてきた。そんなこともあって、この館長も顔だけは目にする機会もあった気がする。

館長のいう通り、旧友の娘だからって贔屓されているわけではないだろう。なぜなら、同じく美術部だった僕の作品が展示されたことは一度しかない。この歳で妹に対して嫉妬《しっと》したりすることは特にないけども、羨む気持ちが全くゼロだといえば嘘になる。もちろん、その何倍も嬉しい気持ちのほうが強いが。

「それじゃ、私はこれで。このところ少し人手不足で、慌ただしくてね」

館長はスタッフ専用の通路へ小走りで消えていった。

僕は受付で支払いを済ませ、真っ直ぐ二階の特別展へ向かった。常設展はもう何度も回っているし、今日は控えることにする。

階段を上ると首筋が僅《わず》かに汗ばむ。空調は効いているが、いい加減暑い時期になってきた。こういうとき、作務衣の素晴らしさを実感する。動きやすく、なんといっても風通しがいい。

夏はさほど好きではない。単純に寺が一年でもっとも忙しいお盆があるということがあるし、個人的な事情もあった。

二階に着くと、『学生美術展　県下出展作品』という張り紙と共に、展示室の入り口が開かれていた。

青系統の色がぱっと目に付く。どうやら今年の課題は「水」だったらしく、結果として作品の配色が青に偏《かたよ》っているようだ。もちろん、出展作品だけあって単純に青色や水色を使っただけではなく、それぞれに独特の趣向が凝《こ》らしてあった。

ゆかりの絵は、聞いたとおり作品群の中心に配置されていた。慎《つつし》むことなく堂々とした「優秀賞」の三文字と、校名を添えられた「日比野ゆかり」の名札は、ゆかり本人がみたら赤面して絶叫しそうだけど、僕としてはかなり気分がよく誇らしかった。

兄の欲目といえばそれまでだが、妹の絵は、素晴らしい作品の中にあっても一際《ひときわ》目立つほど、深く鮮やかな青色を表している。

空とも海ともいえる色彩に、懐かしさで目が潤んだ。

3

美術館から戻り、文江さんを帰した後のことだったので、三時くらいだったはずだ。寺務室へ向かおうと居間を出た僕は、途中、玄関口の前でその足を止めた。

――と同時に、目をむいた。

玄関に一人の女性が転がり込んでいたのだ。女性はうつ伏せに倒れ込んで、まるでやっと岸にたどり着いた漂流者の如《ごと》く、玄関マットに片手の指先を引っ掛けていた。その髪は黒く、長い。

「……どうされました?」

近寄って、女性の耳元で声をかけた。その際に想像以上に若いことが分かる。寺にいるのが少々場違いに感じるほどだった。

「……う」

反応があった。殺人事件に巻き込まれたわけではないことに胸をなでおろした僕は、少し迷ったけど女性を家の中まで引っ張り上げた。うつ伏せから仰向けに体勢を変えさせたとき、女性の顔が目に入る。左目の下に泣きぼくろを持った、コケティッシュで、美しい人だった。灰色の長袖《ながそで》を着ており、薄い生地なので身体の凹凸《おうとつ》がよく分かった。

はじめに、知らない顔だと思った。若い女性というだけでも珍しいのに、この容姿《きよう》ならば覚えていないはずがない。うちの檀家さんではないだろうなという予想が胸中《ちゆう》を過《よぎ》り、ならばなぜこの人はここにいるのか――そもそも、なんでまた転がっているのかと、疑問が波状に打ち寄せてきた。

「大丈夫ですか？　起きてますか？」

もう一度声をかけると、女性はうっすら目を開いた。

「必要だったら救急車を呼ぶなり、病院に電話するなりしますけど、どうされますか？」

事情は知らないけれど、ぶっ倒れていたのだ。昼寝だとしたらあらゆる意味で刺激的すぎる。まともに判断すれば、この人が健康な状態であるはずはなかった。

まじまじと観察すると、女性の顔色は悪く、肌の色も透けるようで、首筋や手首は血管が青白く浮いていた。

女性は今度こそしっかりと覚醒したのだろう、僕を認識すると「はっ」と息を漏《も》らしその唇を震わせた。次第にその大きな瞳には涙が溜まっていき——

「お、和尚様っ！」

がばっという効果音がする勢いで、僕は女性に抱きつかれた。

「南無釈迦牟尼仏《なむしゃかむにぶつ》」

なんかあたってる。

「和尚様！　ああ、和尚様！　和尚様!!」

悟りにも漸悟《ぜんご》と頓悟《とんご》の二種類あって、日本に伝わった禅は南宗《なんしゅう》の慧能《えのう》禅師の流れより伝わりし後者の悟り——つまり修行して悟るわけじゃなくて修行そのものが悟りであってその瞬間がもはや悟りなのである……という掻《か》い摘《つ》まむとそれこそ禅問答《もんどう》のようになってしまう悟りなのだけど、とにかく僕にもその大悟《たいご》の瞬間が訪れたということがないこともないのかもしれない。

あたたかい。

悟り、あたたかい。

とてもいい気分に浸《ひた》っていた僕は、玄関の戸が開きっぱなしであることに気が付いて血の気が引いた。こんなところを檀家さんに目撃されたらえらいことだ。悟っている場合ではなかった。手早く玄関を閉めてから、僕は女性に向き直った。

「……なんといいますか、いろいろお尋ねしたいことはありますけど、とりあえずご気分は大丈夫ですか？」

「は、はい。すみません、取り乱してしまいまして……」

「……うちの寺に、なにか御用ですか？」

「……そのう」

女性は気まずそうに言葉を止めると、俯いてしまった。察するに、どうやら「訳あり」みたいだ。

一考した。もうちょっと広がりのあるというか、柔らかい聞き方をしたほうがよさそうである。

「なにかお困りですか？」

その瞬間、女性と僕の目が合った。彼女の瞳にはいっぱいの涙が溜まっている。ぶつかった視線が揺らしたのか、一滴だけ左の眼尻から零《こぼ》れて落ちた。

涙がちょうど、彼女の「泣きぼくろ」の上を通過する。その光景を目にした僕は、どきりと、心臓の奥でなにかが蠢《うごめ》く感覚を捉《とら》えた。それは恋が生まれる五秒前とかそういうロマンチックなものではなくて、うっかり家の鍵をかけ忘れた気がするときのような、思い出しそうで思い出せない、胸騒ぎに似ていた。

なんだ、これは。

「……て、ください」

「え？」

僕の疑念が消化される前に、女性は何事か呟いていた。

「……助けて、ください」

「助ける？」

５Ｗ１Ｈの全てが抜けていて、すとんと理解が落ちてこない。

「お、お願いします。和尚様、ど、どうか私を、助けてください」

訥々とそういい終えた女性は、やがてその顔を手の平で覆《おお》い、声を殺して泣き始めた。

4

ひとまず客室に通して、頃合いを見計らってから、僕は女性に尋ねた。

「少しは、落ち着かれましたか？」

「……はい。おかげさまで」

「いえいえ。それで、あ。そうだ。まずはお名前を教えてもらえますか？」

「あ、ごめんなさい。申し遅れまして……私、小早川、千尋です。千に尋ねると書いて、千尋です。今日は急におしかけてしまいまして……」

「お気になさらず。僕は日比野隆道です。この寺の住職をさせてもらっています」

「えっ？」

僕の自己紹介を耳にして、女性は意外そうに顔を上げた。

「こんな若造が住職なんて、頼りないでしょうけど」

「あっ。い、いえ！　ごめんなさい。そんなつもりは――」

「はは。大丈夫ですよ。実際まだまだ未熟ですし。それじゃあ、えーと。小早川さん？」

「はい。あ、あの、すみません。その、できれば下の名前で呼んでいただけませんせんか？」

「え？　構いませんけれども……」

そんな申し出をされたのは初めてのことだった。友人同士や、クラスメートの間柄ではない。なんでまた、わざわざ下の名前なのか。どうもよく分からないところの多い人だ。

「……はあ」

思いが顔に出ていたのだろう。女性――千尋さんは、独り言のようにこういった。

「あまり……好きじゃないんです。今の名前」

ということは、おそらくは結婚して姓が変わったのか。嫌な直感が走った。

「では、千尋さん。貴方《あなた》、先ほどこうおっしゃいましたよね。……『助けてほしい』、と」

「は、はい」

「どういった事情なのか、ご説明いただけますか？」

千尋さんは顔を伏せてから、まごまごと面目《めんぼく》なさそうに口を開いた。

「あの……、よろしいんですか、私、なんのご縁もないのに、ご迷惑になりませんか？」

「気にしないでください」

もちろん、彼女が気にしている通り、迷惑といえば迷惑な話ではあった。僕にだって仕事がある。ただ、この寺の先住だった父ならばこれも『仕事』として受け入れただろうし、もうここまで来れば乗りかかった船というやつだ。事情くらいは聞いておきたい。

「さすがに、無下《むげ》に追い出すってわけにもいかないでしょう。なにやら、様子がただ事でない感じもしますし」

千尋さんの状態は奇妙だった。外出する際には、たとえ簡単な用事でも手提《てさ》げなりなんなり持って出るものだ。携帯と財布だけならなんとかなるかもしれないけど、女性の場合は、それだけというわけにもいかないはずだ。

「どういう事情か知りませんが、多分、着の身着のままでここまで来たってことですよね？」

「……そ、そうです」

「力になれるかは分かりませんが、話してもらえませんか？　それだけでも、多少は楽になるかもしれません」

千尋さんはまた目線を落とし、「ありがとうございます」と力なげに呟いた。

未《いま》だに踏ん切りがつかないのか、それとも頭の整理に時間がかかっているのか、千尋さんの口は重く、なかなか切り出してこなかった。僕は黙って待っていたが、彼女の華奢《きやしや》な手が握り拳を作り、その内でぎゅっと力が込められているのが分かった。

やがて彼女は一つ深呼吸をすると、思いの外《ほか》声色静かに、しかし鋭くこういった。

「——私、逃げてきたんです」

「逃げて？」

「はい。もう、耐えきれなくて。ただ、主人から逃げ出したくて。……考えもなしに、なにも持たずに飛び出してきたんです」

5

さだまさしのグレープ時代の曲の一つに『縁切寺』という大変渋いナンバーが存在することをはたして何人の方がご存知だろうか。まあ、それはともかくとしてこの単語を辞書で引いてみると次のように定義されている。


【縁切り寺】

江戸時代、夫のことで苦しむ女などが駆け込み、足掛け三年在寺すれば離婚できるという特権を有していた寺。鎌倉の東慶寺、上野《こうずけ》国新田郡の満徳寺が有名。駆け込み寺。（大辞林第三版）

無論、今は江戸時代ではない。現代では寺院はそんな特権を有していないし、公的に夫婦の縁を切りたいと願う者は本来ならば山門をくぐるのではなく役所の自動ドアをくぐるべきだ。

が、しかし。

そんな現代にありながら、なおも寺に救いを求めて駆け込んできた女性がよりによってうちの寺に現れたわけだ。その名は小早川千尋。年齢不詳。

「……失礼ですけど、一度ご実家に帰られるとか、あるいは役所に相談するとか、そういった考えはなかったんですか」

申し訳なくはあったけど、思い浮かんだ疑問を僕は口に出した。寺に駆け込む前に、いくらでも手段がありそうなもんだ。

千尋さんは肩を落としてから、すぐに答えた。

「私、もう身寄りがないんです。小さい頃に父を失って、母も今年、病《やまい》で亡くなりました……。役所にも何度か行きましたが、駄目で。合意の上でない場合、中々話が進んでくれなくて」

「なるほど」

「そもそも、まるで監視されているみたいで、自由がないんです。財布のほうも、完全に主人に握られてしまって……」

「ご主人は、どういったお仕事を」

「今は……無職です。一年前にリストラされまして……。しばらくは退職金と私のパートで暮らしていたんですが、とても立ち行かなくなって。実は、少しですが、借金も」

聞けば聞く程まずい話だった。安易な想像かもしれないが、その旦那は職を探さず、ギャンブルや酒にでも溺《おぼ》れているのかもしれない。

「私の身分証とか、そういったものまで主人が管理して簡単には渡してくれないんです。だから、できることも酷く限られてしまっていて……」

「それはなんというか、そこまでいくと問題にならないんですか？　あの、聞きづらいんですが、手を出されたりとか、そういったことは？」

この質問には千尋さんは首を横に振った。僕は若干安心しかけたけれど、千尋さんの表情は心底うんざりした様子だった。

「それだけは、しないんです。でも、しないのは、私のためじゃありません。手を出したという事実を作ってしまうと、後々《あとあと》不利になるのは自分だってことを主人は分かっているんです」

僕は言葉が継げなかった。嫌な感じだ。心の底から。

「――身体は傷つけられなくても、私もう精神的に限界で。耐えられないんです。一秒だって一緒にいたくなくて。それに、このままじゃ借金が膨らんでいくのは目にみえてるんです。それなのに主人は……。私、どうしたらいいか分からなくて、警察にいっても、今の段階ではどうしようもないから、とにかく二人で話し合いなさいって、そういわれるばかりで。でも、話し合ってなんとかなるような時期はとっくに過ぎてるんですよ。そもそも、主人は私のいうことなんてまるで聞いてはくれませんし。どんどん悪いほうへ悪いほうへ向かって行ってるのが分かるのに、できることはなにもないんです」

千尋さんが吐き出すようにしゃべるのを、僕は口を結んで聞いていた。助けになりそうな相槌《あいづち》は思い浮かばなかった。

「それで私、とうとう爆発してしまって……。昨晩、主人にもう嫌ですって喚《わめ》いて、そのまま家から逃げだしてしまったんです。恥ずかしながら、財布もなにも持たずに。それで、お金がありませんから、できることはなにもなくて、ただあてもなくふらふら一晩中さまよっていました。家に戻るのはどうしても恐ろしくて……。そうして、疲れ切ったところに、このお寺の門が目に入って、私……」

そこまで話し終えて、千尋さんはまた目に涙を溜めた。整理しているうちに、自分自身の状況が余計に身に染みてきたのかもしれない。

僕は話を咀嚼《そしやく》していた。この人の状況は、はっきりいって相当悪い。素人《しろうと》がしゃしゃり出て、どうにかなるようなものではないだろう。しかしながら、話を聞く限り、千尋さんは既にできる限りの手立てを探したうえで、それでもどうにもならなかったようだ。

「それは——いろいろと、大変でしたね」

変に期待を持たせないように言葉を選びながら、僕は続けた。

「ただ……そうですね。申し訳ありませんが、最初にお断りしておきます。根本的な解決のためにうちの寺ができることは、正直いってそう多くないと思います」

力なく「はい」と応じる千尋さんが痛々しかったけれど、事実なので致し方ない。うちはごく普通の寺であって、公的な権限もなければ、奇特な資産家でもなかった。

「もっとはっきりいえば、金銭の援助を直接するわけにはいきません。たとえ少額でもです。薄情と思われるかもしれませんが、うちは交通費とか、そういった程度のことでもお金をそのまま渡すということだけは、貴方に限らず誰であろうと絶対にできない決まりなんです」

残念だが、必ず返すという『バス代』が一時間後には『酒代』に化ける世の中だ。それに、誰か一人に渡してしまうと後々の人を断ることができなくなってしまう。

「もし、御自宅に帰りたいというお気持ちになられたら、近所の交番までの地図を差し上げます。そこで交通費は借りられるはずです。あるいは、今はちょっと留守番がいないんですが、妹が帰ってくれれば僕が車でお送りすることもできます」

我ながら残酷だと思いつつも、まずはそういった。いずれにせよ、この人は一度は家に帰るべきだ。身分証もなにもない状態では、なにをするにも不便が過ぎる。

千尋さんは口を閉ざしてしまった。どうすべきかなんて、いわれなくても大概は本人が一番よく知っている。問題は、すべきことをできないことだった。

僕は静かに息を吐いた。

「……やはり、今は家に戻りたくありませんか？」

千尋さんはこくりと小さく頷いて、か細い声で「すみません」と零《こぼ》した。

またしばし黙って、僕は思考を巡らす。

さっき自分でいったように、根本的な解決のために力を添えることはできない。けれども、いわゆる対症療法的なことであったら、寺院だからこそできることもあるのではないか。

とはいえ、法話やお説教というシーンでもないなと思った。ここで彼女に、「いつか必ずお釈迦様がお救いくださいます。だから元気を出して前を向きましょう」と、そういうのは簡単だ。だが、語る僕自身がその言葉に対して半信半疑で、どうしてそれを口にすることができるだろう。

天より光差す救いの宗教か、それとも、偉大なる先人の知恵か。絶対の神を持たない仏教は、この難問を抱え続けている。

僕は千尋さんに目を向けた。その瞳は不安に染まり、美しい面立ちには疲労の陰《かげ》りが差していた。この疲れ切った女性に目下《もっか》のところ必要なものは……休息だ。身体も心も、まずは休めたほうがいい。考えて行動するのは、それからでも遅くない。

そんな声が、聞こえた気がした。

「……では、少しだけ、ここで休んでいかれますか？」

「え？」

「部屋が余っているんです。よろしければ、お貸ししますよ」

顔を上げた千尋さんは目を丸くした。

「よ、よろしいんですか？　私、その、お金が……」

「構いません。ただ、うちは今、僕と妹の二人しかいないんです。よく手が足りなくなることがありますから、貴方には宿泊代ってことで、いろいろと手伝ってもらいます。それでいいですか？」

「はい、はいっ。そんなことでしたら、いくらでも」

表情を輝かせた千尋さんは、首を大きく縦に振った。僕の心中は複雑だったけれど、他に案があるわけでもなかった。

「まあ、いつまでもってわけにはいきませんが、その辺りは後ほど話し合いましょう」

「あ、ありがとうございます」

千尋さんは声を殺して再び泣きだした。美人の涙の破壊力をひしひしと感じた一件だった。

第三章——執著

わがものとして執著したものを貪《むさぼ》り求める人々は、憂いと悲しみと慳《ものおし》みとを捨てることがない。それ故に諸々の聖者は、所有を捨てて行なって安穏《あんのん》を見たのである。

『スッタニパータ』八〇九

1

「——と、いうわけなんだ」
「事情は分かった」

納得はしてないけど。

視線を移すと、千尋さんが気まずい表情を隠すように湯呑に口を付けている。あたしの感覚からしたら、いきなり他人の家にやってきて、他人の家のお風呂に入って、そのまま他人と一緒に暮らすなんて耐えられない。お金をもらったって嫌だった。

それだけ切羽詰《せっぱつ》まっているのかもしれないし、そりゃまあ、あたしだって気の毒だなと思うところもある。けど、やっぱり、本音をいえばあたしには関係ないという心がどうしても強い。だって、この人は他人だ。友達でも恩人でもないし、どんな性格でどんな人なのかも分からない。困っているからというだけで手を差し伸べられるほど、あたしはアンパンマンではない。地球の裏側であたしより小さい子どもが飢えていても、あたしが飛んで助けに行くことはない。

あたしは他人よりも、自分と、自分が好きな人や場所のほうがずっと大事だ。

「兄ちゃん」

呼びかけながら、あたしはゆっくり腰を上げた。

「お話があります」

「はい。なんでございましょう」

「あちらで」

ダイニングルームのドアを指差した。いいたいことは積もるほどあったけど、千尋さんの耳に届かないところがよかった。

「かしこまりました」

兄ちゃんも立ち上がった。お互い敬語であることには、誰も突っ込もうとしない。

「千尋さん、少々お待ちください」

「は、はい」

満面の笑みでそういい残して、あたしと兄ちゃんは部屋を出た。ドアを閉める音が、やたらと耳に残った。


「はっきりいって、あたしは嫌だからね」

真っ先に出た言葉だった。

「まあまあ。お前に相談なく話を進めたのは僕が悪かったよ。ただ、あの場では断りきれなくて。だってほら、気の毒じゃないか」

「断るもなにも、兄ちゃんから提案したんでしょ？　うちに泊まること」

「おやまあ。細かいことをよくおぼえてらっしゃる」

「だから怒ってるの！　だって、うちに居《い》候《そうろう》してどうなるもんでもないでしょ。捨て猫とはわけが違うんだからね。ここにいたって、なんにもならないじゃない。ハローワークに行ったほうがまだいいよ」

「大人みたいなことをいうなあ」

「はぐらかさないで、ちゃんと答えなさい」

「いやな、どうにも居たたまれなくて、ついね。でもほら、うちだって手伝いをしてもらえるわけだし、悪いことばっかりってわけじゃないだろ？」

「……変なこと、考えてないよね？」

「ん？」

あたしはじっとりと兄ちゃんをねめつけた。兄ちゃんは「ははあ」と笑ってその視線をいなし、首の後ろに手を回した。

「——まあ、そう思われるよな。千尋さん、綺麗だし。というか、まずあの人のほうがそう勘《かん》ぐっててもおかしくないか。お風呂入らせてくださいって、もしかしたらそういう意味だったのかもな」

そこで言葉を区切ると、兄ちゃんはなぜかキメ顔を作ってからこういった。

「ゆかり……もっと遅く帰ってきてもよかったのに」

脛《すね》を蹴飛《けと》ばしてもいいくらいの台詞《せりふ》だったけど、無駄におもしろい顔だったので許すことにした。

「はあ。……ねえ、いつまでの話なの？」

「そうね。まだ話をしてないけど、決めておかないとな」

「お金はどうするの？　人が一人増えるんだよ？」

「そりゃ、とりあえずは僕が出すよ。手伝ってもらえるなら、寺の会計から出せなくもないけど。あ、そうそうそれでな」

兄ちゃんはいつの間に持ち出していたのか、自分の財布からお札を二枚引っ張り出した。

「これで、必要そうなものを揃えてあげてくれないか。一緒にその辺りの店にでも買い物に行って」

「えぇ～。あたしが？」

「僕からいうのは気が引けるし、同性のお前の方がいいだろ。お金を直接渡すのはまずいし」

答えは返さずに、あたしは二枚のお札を渋々預った。

「それで足りるか？」

「十分でしょ。多すぎるくらい」

二万円あれば、いろいろなことができる。いつもつましく暮らしているのに、どうして知らない人相手に気前よくこんなにお金を出せるのだろう。

これからあの人と二人で買い物に行かなければならないと思うと、胸に重石《おもし》を載せられたようだった。

「そんなに嫌な顔するなよ。余った金で、ケーキでも買っていいから」

「行ってきます」

兄ちゃんにくるりと背を向けて、あたしはダイニングルームに戻るべく一歩踏み出した。

近所のケーキ屋さん『ミエルン』のチーズケーキは天下一品で、中でもあたしの一押しはスフレだった。もちろん、今日はスフレもレアもベイクドもたんまり買って帰る。祭りを催してやる。

ドアノブを握りこんだとき、ふと思うことがあった。

「——今、チョロいなって思わなかった？」

「滅相もございません」

執事か、という突っ込みが浮かんだけどしまっておいた。

ガチャリとノブを回す。あたしが部屋に入ると、千尋さんはびくりと肩を震わせてこちらに目をやった。ケージの中に入れてこられたウサギみたいだ。こっちはなにも悪いことをしていないのに、なんだかいじめているようで微妙に気まずい。

「……ええっと、あー。千尋さん？」

「は、はい」

千尋さんは明らかに怯《おび》えていた。そりゃあ、あたしの顔つきは朗らかってわけにはいかなかったけど、これはこれでちょいとばかし失礼と違うか。

ポニーテールを手で無意識にすいてから、あたしは首を少し左に傾けた。

「これから、あたしと貴方の二人で、買い物に出ます」

「はあ。……あ、あのう、どちらへ？」

おどおどとそういう千尋さんに対して、悪戯心《いたずらごころ》と仏心が半分半分くらいの不思議な気分で、あたしはこう答えた。

「ケーキ屋さん！」

2

服や下着のサイズがあたしと千尋さんでは一致しないのは、一目瞭然《いちもくりようぜん》だった。理由はもちろん年齢が違うから。それ以外に考えられない。人間の身体は、二十歳《はたち》を過ぎるまで成長し続けるのだから。

まあ、もしサイズが合っていたら貸し借りをするかという案に至る可能性もあったわけで、それもまたちょっと複雑なので、ある意味ではよかったのかもしれない。

お洒落な人が本気でお洒落をしようとしたら、二万円なんてあっさり吹き飛んでしまう。でも、今回はお洒落のためではなく生活のためだった。あたしたちは比較的良心的な値段のショップで、まずは衣類を一式揃えることにした。

はじめ、千尋さんは遠慮して自分で選ぼうとはしなかった。

「あの、やっぱり悪いです。こんな……」

売り場で申し訳なさそうにそういう千尋さんに、どうしても苛立《いらだ》ちを覚えた。

「だって、その服を明日も着るわけにはいかないじゃないですか」

「それは。まあ……」

それから千尋さんはか細く「ごめんなさい」と謝った。あたしはまた波だった感情を鎮めてから、千尋さんの顔はみずにいった。

「――いいですよ。そんなに卑屈にならなくても。どうせ兄ちゃんのお金だから。一万ちょいくらいまでで、好きなように選んでくれていいです」

「……はい。ありがとうございます」

「それは後で兄ちゃんにいって」

千尋さんは控えめに頷くと、おずおずと売り場を物色し始めた。どんな服を選ぶのか興味があったあたしは、なにも口出ししない。途中、何度か許可を得るように、ちらちらとあたしのほうを振り向いた千尋さんは、やがてトップスのコーナーでなんの変哲もない無地のものを一着摑み取った。

「あの……では、これ、いいですか？」

「…………」

　許しを求められたあたしは、特に断る必要もないのに、頷くことができなかった。

「……いや、別にあたしが着るわけじゃないし、なんでも構わないっちゃ構わないんですけど……」

　いいながら、あたしは語尾を濁した。

　なんとコメントしたもんだろうか、「そういうことじゃないんだよ」という念が悶々と渦巻《うずま》いた。千尋さんなら、こんなトップスでも身にまとえばザ・清楚《せいそ》とでもいいたくなるように決まるのかもしれない。けれど、あたしが知りたいのは、そういうところではないのだ。このチョイスでは余りにも無難すぎて、全然その顔がみえてこない。そうだ、これじゃあ私服じゃなくて、まるで制服やリクルートスーツみたいだった。

「えと、本当に、それでいいんですか？」

「え？」

「やーその、本当にそれが気に入ったんなら問題ないし、多分千尋さんなら様《さま》になるとは思うんですけど、ただ、もし変に気を使ってるんなら、別にそれはいいから、好きなものを選んでくれていいっていいますか……」

　しどろもどろになってしまった。千尋さんもちょっとよく呑み込めないというように、あたしの次の言葉を待っている。

「や、その、あたしがちょっと怒ってるのを態度に出してたから。そのせいかなって、そう思ったんです。違ってたら、ごめんなさい。でも、もしそうだったら……なんか、もったいない感じがしちゃって」

耳が熱くなっているのを自覚した。これはいよいよテンパり気味だ。

「だ、だって、せっかく服を買うのに、好きなの選ばないのって、もったいないですよね」

最後は同意を求めるみたいにそういった。なんの話をしていたのかよく分からなくなってしまったけど、ここに来てあたしは千尋さんが真剣にこのトップスを気に入っていたら洒落にならないということに思い至った。

あたしの焦《あせ》りが加速しかけたとき、千尋さんがこれ以上ないというくらいに、柔らかく微笑んだ。それは綿織物を無意味にコットンファブリックと片仮名に直したくなるくらいの柔らかさだった。

千尋さんは音も立てずにトップスをハンガーに返すと、笑顔を崩さないまま、辿《たど》ってきた売り場を指で示した。

「少し、戻ってもいいですか？」

「え？　あ、ああ。はい」

あたしは胸を撫《な》で下ろした。どうやら、気持ちは伝わってくれたみたいだ。

並んで数歩進んだとき、千尋さんは微かに楽しそうにいった。

「服がお好きなんですね」

「そりゃまあ、人並みには」

「素敵ですよ。そのカーディガン」

それは確かに嬉しい評価だったし、今あたしが着ているカーディガンはお気に入りで奮発して買ったものではあったのだけど――あたしはなにか、自分の胸の奥にそっと指先を差し込まれたような、そんな妙な感じがした。

なにか、見透《みす》かされている。そんな感覚が。

「……どうも」

「よく似合ってますよ」

あくまでにこやかに、千尋さんはいった。やっぱり、ファッションに興味がないってことではないみたいだ。この人の地味過ぎる今の装《よそお》いは、単にお洒落をする余裕がなかっただけかもしれない。話によれば急なことだったそうだし、生活にも困っていたらしいから。

結局、千尋さんはふわっとしたシフォンのブラウスと花柄のチュニックを選び直し、後はなんにでも合いそうで、かつ動きやすそうなストレッチジーンズと、それからインナーの類をカゴに入れた。

なんとなく、まだ守りに入っているような気がしたけど、よくよく考えれば無難にまとめるのが常識的かとも思った。居候して衣服の面倒までみてもらう立場で、奇抜なファッションを選択するのは相当な度胸《どきょう》がいるはずだ。

実は、あたし自身もセール品になった綿ニットのカーディガンをカゴに入れた（さすがに会計は自腹でしたけど）。思わぬ掘り出し物に、心がちょっと晴れる。千尋さんにも意見を求めると、千尋さんはやっぱりにこっとして「絶対似合いますよ」といってくれた。


その後、あたしたちはドラッグストアで生活用品と簡単な化粧品を購入した。化粧品については千尋さんは遠慮したのだけど、まだお金に余裕があったのであたしが強引に買わせた。これだけ整った面立ちの人が化粧をしないのは、下絵のまま色塗りを放置しているみたいでなにか嫌だった。

とにかく、これで用事は終了だ。

残っているのは、任務達成報酬を頂戴《ちょうだい》することだけだった。

ケーキ屋さん『ミエルン』のショーウインドーまで辿りついたとき、あたしは己《おのれ》のテンションと涎《よだれ》を抑えるのに苦労した。なんせ、普段ならば正に身を切る思いで最低四百円はするケーキを血眼《ちまなこ》で選び抜くのに対して、今日は兄ちゃんマネーの五千円を元手に選びたい放題なのだ。あたしはバイキングでもかなりテンションが上がる口だけど、今日の興奮はそれとはまた別の背徳感を伴《ともな》った、これまで味わったことのないゾクゾクがあった。

「おうふ。あ、あたし、齢十七でこんな贅沢《ぜいたく》をしてしまっていいのかな……」

「ここ、凄《すご》くおいしそうですけど、その、割高ですね……」

「千尋さん、ここのケーキは、値段通りの味がします。一押しは、チーズスフレ。これは確定枠《わく》。残りのチーズケーキ二種も決まり」

「……チーズケーキが、お好きなんですか？」

ふいに、千尋さんがあたしに尋ねた。

「え？　あ、はい。まあ……。それが、なにか？」

「い、いえっ。たいしたことじゃないんです」

「？」

変なのとは思ったけども、あたしは目の前に広がる宝の山に気を奪われ、それ以上追及しなかった。今は、そんなことよりチーズケーキ以外の枠をどれにするかという重大な議題がある。

既に三個も選んでいるのに、今日はここからまだ追加できた。紅白鮮やかな、キングオブスタンダード・ショートケーキ。右の対抗馬、威風堂々《いふうどうどう》ガトーショコラ。左に聳《そび》えるは味の霊峰、モンブラン。変化球になるけどシュークリームも……、いや、ならばいっそクリームブリュレ、カラメルかりかりマンボ。

ああ、やばい。目が回ってきた。

「どど、どうしますか？　兄ちゃんにはそこのちっこい抹茶《まっちゃ》ケーキでも一つ宛《あて》がうとして、あと三つか、値段次第では四つまでいけちゃいますよ」

あたしがそういうと、千尋さんが隣でびっくりした。

「え。あの、私もいいんですか？」

「そんな、シンデレラじゃあるまいし。別に意地悪しませんよ。なにがいいですか？」

「……ありがとうございます。じゃあ、あの、そこにある苺《いちご》ショートをいいですか？」

「王道ですね。分かります。あたしショートケーキなら毎日食べても飽きない自信ありますもん」

ちなみにチーズケーキなら毎食いける。確信。

「他はどうしますか？」

「いえいえ。もちろん一個でいいですよ」

千尋さんは困ったように笑って、その手をぱたぱたと左右に倒した。

「え？　遠慮しなくていいですよ」

「ほ、本当に一個でいいです。だって、その、カロリーが……」

最後の一単語で合点《がてん》がいった。それは、あたしが意識の奥底に愛の力で封印している魔物だった。必ず最後に愛は勝つ。

硬直したあたしを、千尋さんが慌ててフォローした。

「い、いえっ。ゆかりさんはまだ若いから食べても太らないでしょうけど、私はもうちょっと厳しいんですよ」

年齢あんま関係ないやん、そう口にしかけたけど、その前にそういえば気にかかることがあった。

「——あの、千尋さんって幾《いく》つなんですか？」

今度は千尋さんが凍りつく番だった。

若そうにみえるから聞いても大丈夫だと踏んだのだけど、もしかしてまずかったのかも。

「そのう。幾つにみえます？」

「んー、二十四？」

本当は二十代後半というのがあたしの予測だった。空気を読んで、若くいったのだ。すると、千尋さんは不安そうな調子から一転して、にこにこと朗らかな顔つきに戻った。意外と分かりやすい人だった。

「当たりです。二十四歳にしましょう」

あたしは自分の読みが間違ってなかったことを悟った。

3

お寺に帰った時刻は六時半を回っていた。

うちのお寺の境内《けいだい》には入門して左手にお地蔵さんが六体並んでいる。帰りしな、あたしはそのうちの一体――合掌《がっしょう》して微笑を浮かべたものと、ふっと目が合ったような気がした。思わず、眉をひそめてしまう。実のところ、あたしは仏像が嫌いだ。

玄関から上がって居間の扉を開けても、兄ちゃんの姿がない。多分、寺務室で仕事を片付けているのだろう。お父さんがいなくなってから、居間に誰もいないことが増えた。

もうそこまで寂しくなくなったことを寂しく感じつつ、あたしは寺務室へ足を運ぶ。後ろから、千尋さんがまだ少し遠慮深げに付き従った。

「ただいま」

「ん。おう。おかえり」

予想通り、兄ちゃんは寺務室で行事の案内状を作っていた。うちはお檀家さんの数はそう多いほうでもないけど、それでもその全てに配りものをするとなるとちょっと大変だ。これを昔はいちいち手書きで宛名を記したらしいから気が遠くなる。

兄ちゃんの作業はもう終盤で、封をするところまで差し掛かっていた。

「手伝おうか？」

「や、大丈夫。それより、もうこんな時間か。すまん、晩御飯の仕度してなかった」

「いいよ。どうせうどんでしょ？　あたしが作る。ご飯は昨日のがまだあるし」

忘れてしまっていたけど、ナス味噌炒めを作ろうと考えていたはずだった。

レシピをざっと頭の中で復習しようとしたとき、控えめな声が上がった。

「あのう」

みると、千尋さんがおそるおそる存在を主張するように、小さく挙手をしていた。

「千尋さん？　どうされました？」

「もしよろしければ、晩御飯、私が作りましょうか。差し出がましいかもしれませんが……。ぜひ、それくらいは働かせてもらえればと思いまして。ど、どうでしょうか？」

その提案に、兄ちゃんが笑顔で答えた。あたしの意見を待つこともなく。

「おお、そりゃいいですね。じゃあ、お願いしちゃって構いませんか？」

「もちろんですっ。私、今はこんなことくらいしかできませんから。あ、あの、隆道さん、ゆかりさん。今日は本当にありがとうございます」

「いえいえ、お気になさらず」

二人の会話を、あたしは実に複雑な気分で聞いていた。なぜだろう。お腹の中に重石《おもし》が入ったような、そんな感じだ。その理由はせっかく思い浮かんだナス味噌炒めが流れてしまったからなのか、それとも千尋さんが、さりげなく兄ちゃんのことを名前で呼びだしたことに気が付いてしまったからなのか、分からなかったけど。

「よかったな。ゆかり」

「……え？」

急に振られて、あたしは我に返った。

「時間ができたじゃないか。最近、いろいろ忙しくて勉強したり絵を描いたりする時間があまり作れなかったろ？」

そういえば、冷凍うどん以外のレシピをはなから選択肢から除外している兄ちゃんに、あたしがいつだったかぼやいたことがあった。うどんを食べたくない日は自分で作るしかないとかなんとか。

「あ、うん。そだね。うん、助かるよ」

「いろいろと悪かったな。食器や食材の案内は僕がするから、もう休んでいいぞ」

そういって、兄ちゃんはこちらに背を向け、千尋さんに向き直った。兄ちゃんの言葉に悪意なんて一片《いっぺん》も混じっていないことは分かり切っていたけど、それだけに、なにかすごく嫌だった。

自分の気持ちを深く知ってしまうのは、もっと嫌な気がした。

「……うん。分かった。じゃあ、そうさせてもらおっかな」

あたしは足早に寺務室のドアへ歩いた。あまり、この場には居たくなかった。

「千尋さん、ありがとうございます」

返事も待たずに、あたしはただお礼を告げて自分の部屋がある二階へ急いだ。


自室であたしは、課題も勉強もほっぽり出して、読み古した漫画本のページを寝転んだままぱらぱらめくった。内容はほとんど頭に入ってこない。

せっかく浮いた時間の浪費をちょうど一冊読み切るまで続けたところで、階下から兄ちゃんの声が響いた。

「ゆかり、晩御飯だぞ」

「んー」

気のない返事をして、のそのそと立ち上がる。

ダイニングルームには、どんな料理が待っているのだろう。あたしは食べることが好きなはずなのに、心は雲がかかったようにどんよりしていた。晴れもせず、降りもせず。そんなどっちつかずの心境だった。

嫌だ。こういうぐずぐずした気分は、それこそあたしがもっとも嫌いなもののはずじゃないか。

「ていっ」

気合を込めて、あたしは自室のドアを開けた。もやもやした気分はここに置いていこう。そう思いながら、階段を下りた。

「おまたせ」

「おう。みてみ。おいしそうだぞ」

兄ちゃんがそういうと、千尋さんが照れながら口を開いた。

「お口に合うといいんですが……」

あたしはじいっと食卓に目を凝らす。

――これはまた、なんの因果《いんが》なのか。

そこには、ナスを味噌で炒めたおいしそうなおかずが置かれていたわけで。

そして、やっぱりというべきかなんというか、そのナス味噌炒めは本当においしかったのだ。あたしの作るナス味噌炒めはナスと味噌の味だけなのに、千尋さんが作ったものだと、それ以外にもふんわりとした細やかな味わいがあった。

コクがあって深いのに淡い——複雑な、味だった。

この日から、うちのお寺の住人は三人になった。

4

昨日の疲れもあって、朝のＨＲ《ホームルーム》が終わるとあたしは机の上に突っ伏した。昨晩はいろんなことを無駄に考え込んでしまって、あまりよく眠ることができなかった。もう、なにも考えたくない。……眠い。

教室のざわめきが溶けたアイスクリームみたいに感じられたとき、どこか遠くから能天気な声が耳に入った。

「ねーねー。眠いのー？　ゆかり眠いのー？」

愚問だ。

「みてわからんか」

あたしはよろよろと身体を起こしつつ、擦《す》り寄ってきた友達、麻里乃の顔をきっと睨んでみせたけど、麻里乃は特に動じた様子もなかった。

「ねえねえ、なんで寝不足なのさ？」

「……んー。いろいろあったから」

手の指を組んで後ろに引き背筋を伸ばしつつ、あたしは昨日のことを思い返していた。誰かに話したいような気もしたし、しまっておきたいような気もした。

しばらく無言でいると、麻里乃がふいにぽんっと手を叩いた。

「──あ。分かった。あれでしょ。進路希望」

「う、それもあったなー」

「え。違ったの？」

「違うけど、もう別にいい。それも答えの一つだし。ああ、どーしよっかなー」

「……ふーん。てゆーかさー」

麻里乃があたしの机に腰かけてきた。そのスカートに降り注《そそ》ぐチョップの連打を意に介さず、麻里乃は続けた。

「ゆかり、美大とか、そーゆーのには行かないの？」

あたしのチョップの手が止まった。

「あのね。簡単にいうけど、行きたい人みんなが行けるわけじゃないんだよ。その手の大学は」

「じゃあ、受けないの？ こないだミチコ先生にかなり勧められてたじゃん」

ミチコ先生はあたしたちのクラスの担任であり、そして美術部の顧問でもあった。

「美大受けりゃいいじゃーん。もったいないよー」

「……だ、だって、簡単には入れないし、もし受かったとしても、そういうとこはツブシがきかないって話だし……」

「大丈夫大丈夫。ゆかりなら行けるってー。それにもしも駄目でも、まだどうとでもなるよ。若さは武器」

「なにを甘いことを」

「大学なんて、やりたいことで選べるなら健全なほうだって。普通はとりあえずで行くとこでしょ」

教室の蛍光灯《けいこうとう》の辺りをぼんやりみながら、麻里乃はいった。

「あんたねえ。すごいお金がかかるんだよ。そんなテキトーなことといったら罰《ばち》が当たるって……第一」

「んー？」

「看護学校に行って、看護師になるであろうあんたにいわれるとなんか腹立つ」

「なら、ゆかりは美大に行って、絵描きさんになればいいじゃん」

麻里乃はにこにこと机から降りると、今度はあたしの肩を揉《も》み始めた。その心地よさに、あたしの眠気はまたぶり返したのだった。

5

同日のことだ。

下校したあたしは、玄関の前で一度足を止めた。

千尋さんの顔が思い浮かぶ。あたしのつま先が、地面にずぶりと沈んだように重くなった。

ここはあたしの家なのに、どうしてあたしが帰るのを躊躇《ちゅうちょ》する必要があるのだろう。考えまいとしても、胃の辺りから湧き出るようにして、嫌な感情が溢《あふ》れた。

独り相撲《ずもう》だ。それも、酷く無意味で、空《むな》しい類のやつに違いない。これ以上こんなものに付き合ってたまるかと思ったあたしは、振り切るようにして一気に戸を開け放った。

予想通りの人がいた。

「あ。おかえりなさい」

千尋さんは昨日、兄ちゃんのお金であたしと一緒に買った花柄のチュニックを着て、靴棚の上を乾拭《からぶ》きしているところだった。まだちょっと緊張感が籠《こも》っていたけど、昨日よりもずいぶんと和らいだ声色だ。顔色もよくなってきている。うっすらと、化粧もしていた。

「――ただい、ま？」

逆に、あたしの挨拶《あいさつ》には尾っぽにはてなマークがくっついた。

おかしい。

今の状況は、多分、絶対……なにかが、間違っている気がする。

第四章――愛別離苦

夢で会った人でも、目が覚めたならば、もはや会うことはできない。

同様に、愛する人も亡くなってしまったら、もはや相見ることができない。

『スッタニパータ』八〇七

1

書院の襖《ふすま》を開くと、幼少の砌《みぎり》から見知った顔がタバコを咥《くわ》えていた。

「タバコはやめとけって、いつもいってるだろ」

男の名前は木崎清明《きざきせいめい》といった。小中高、そして大学に留まらず、修行に登った山まで同じという、正に腐れ縁と呼ぶに相応《ふさわ》しい仲の友人だ。クラスメートになったことは数知れず、小学校の高学年を除いて全て一緒だった。

清明は在家《ざいけ》の出だけれど、うちの境内で遊んだ記憶にでも毒されたのか、なぜか出家の道を選んだ変わり者だ。大学三年のある日、なんの前触れもなく「俺も坊主目指すわ」と突然告白された瞬間の僕の驚きといったらなかった。

自ら望んで世間では一応「聖職」とされている僧侶《そうりよ》になったにもかかわらず、清明は喫煙をやめない。変人なのだ。

「おう、隆道。今日はよろしく」

僕の忠告を完全にスルーして（昔からだ）、清明は白い歯を覗かせて笑った。タバコを吸うくせに、芸能人みたいに綺麗な歯の色をしている。男の僕からみても清明は美形だった。髪を剃る前はずいぶんとモテたし、剃ってからもニット帽を被《かぶ》って普通にモテている。しかし、今のところ身を固めるつもりはどうもないみたいだった。

「よろしく。だからタバコはやめろ。匂いがつくだろ」

昨日、葬式の連絡があった。「引いていく」などと表現されるけれど、不思議なことに葬式は続くことが本当に多い。これが皮切りとならなければいいが。

清明に頼んだのは「伴僧《ばんそう》」と呼ばれる、読んで字の如く、導師《どうし》役（これは僕が務める）の僧侶に伴って補助をする役割だった。父の生前は、父が導師を、僕がこの伴僧を務めていた。年忌《ねんき》法要の小さいものならば導師役一人でもやってやれないことはないのだが、葬式などのある程度大きい法要になると、一人だけではなにかと大変で、格好もつかない。そういったわけで、助っ人《すけと》を余所のお寺にお願いすることが多々あるのだ。

修行を終えて僕と共に地元に帰った清明は、同市内の寺院で役僧を務めている。声も顔もいいこの男は、数多《あまた》のおばちゃんたちからは熱いまなざしを集め、同世代の坊さんからは妬《ねた》み嫉《そね》みを買いまくっていた。当然、本人はどちらも気にしていない。

「心配いらん。俺は大衣《だいえ》を着ているときと、檀家さんの前では吸わんからな」

「んなもん当たり前だ。いばるなよ」

僧侶の衣類には正装の大衣、作業着の作務衣、そしてその中間とでもいうべき改良服と呼ばれるものがある。見た目は大衣に近いが、動きやすくて軽く、あと安い。僕と清明が身に纏《まと》っているものがそれだった。

「いばったつもりはないさ。しかし、お前はいばっているな、隆道。お前だって酒を飲むじゃないか。俺は酒はやらないぜ。知っているだろう。戒律で酒はご法度《はっと》だが、タバコに関しちゃなにも触れちゃあいない」

「知っている。タバコそのものがない時代だからな」

あったら禁止されていたに決まっている。

無論、清明もそのことは承知している。こいつは理解したうえで、それでも平然とタバコに火を点けるようなやつだ。確信犯だ。誤用として鬼の首を取ったように指摘されるこの語は、どちらの意味でも清明という男を表するものがあるように思う。

清明はことさらうまそうに煙を吸いこんでから、灰皿に灰を落とした。僕は左の肩を自分で軽く揉み解《ほぐ》しながら、テーブルを挟んで清明の対面に座した。

「酒はそこそこ飲めたほうが便利なんだ。お前だって、注がれるたびに断るのは面倒だろう？　それに——」

僕は自分が二十歳になった学生時代の夏休み、父と初めてビールで晩酌《ばんしゃく》したことを思い出していた。

「ゆかりが大人になったら、一緒に飲むのが楽しみなんだ」

それを聞いた清明は、実におかしそうに俯いて、くつくつと声を漏らした。

「お前、そりゃ兄貴っていうより親父がいう台詞だぞ」

「ん？　そうか。まあ、歳が離れてるからな」

「いやはや。……しかし、ゆかりちゃんっていやあ、さっきなんとなく元気がなかったが、体調でも悪いのか？」

「ああ。そのお茶と灰皿、ゆかりが出したのか」

清明が眉根を寄せた。

「当たり前だろ？　他に人がいるのか？」

「いや、まあ」

てっきり、千尋さんが出したものと勘違いしていた。考えてみれば、そうだとしたら清明から彼女に関してなにがしか問われていたはずだ。

千尋さんがこの寺に来て、一週間近く経っていた。当面のところ、彼女については質問されたら遠い親戚筋ということで説明している。主に来客、電話の応対や、掃除、そして炊事などの家事全般を彼女には手伝ってもらっていた。正直なところ、ものすごく助かっている。

「あ。文江さんが手伝いに来てるのか」

こちらが言葉を濁している間に、清明は勝手に解釈をみつけたようだ。わざわざ訂正するのも手間だったので、あえてなにも付け足さずに聞き流した。

少々頭の痛いことに、ゆかりと千尋さんは微妙に性《しょう》が合わないようだ。犬猿の仲とまではいかずとも、河豚《ふぐ》と海豚《いるか》くらいには溝が生まれている。互いに壁を感じつつも、千尋さんはよほど自宅に戻りたくないのかその件には頑なに口を閉ざし、ゆかりも自分からはなにもいわない。僕に対して愚痴をこぼすこともしない。けれども、このところ虫の居所《いどころ》が悪いのは明らかであった。

だが、清明がゆかりに感じたことは、それだけが原因という訳でもないだろう。

「多分……、葬式のことだろうな。今日の人は、その、まだ若い男性で、うちにも熱心にお参りに来てくれる人だった。急なことだったらしい。電話を受けたの、ゆかりだったんだ」

僕に知らせに来たとき、ゆかりの顔色は蒼白《そうはく》だった。無理もない。故人の歳は父に近かった。思い出してしまったのだ。

「ああ——」

曖昧に頷いて、清明は指先まで近づいてきたタバコの火を揉み消した。清明が出家するにあたって、得度《とくど》や本山登録などの世話をしたのは父だった。僕と清明は師弟関係上の兄弟になる。

「……まあ、それだけ泰隆さんが立派だったってことだろ。ゆかりちゃんがいい子だってことでもある」

清明がぽつりとそういった際、静粛《せいしゅく》な雰囲気を押し流すように電話のコール音が響いた。ゆかりも千尋さんもいるはずなので、三コール待ってから取ろうと思案していると二コール目の途中で音が止んだ。

「よかったのか？　今の」

「ああ。おそらくゆかりが出てくれたはず」

「できた妹さんだ」

そんな会話をぽつぽつと交わしていると、襖越しに女性の声がした。上品に澄んだその声色は、できた妹のものではなかった。

「隆道さん、すみません。少しよろしいですか?」

千尋さんだった。基本的な電話の応対は指示してあったが、勝手に判断が下せない類の内容だったのだろう。指示を仰ぎにきたみたいだった。

清明からいろいろ突っ込まれるだろうなと思いつつ、僕はのっそり腰を上げた。

「はい」

返事をして、襖を半分ほど開いた。千尋さんは清明の姿を視認して微かに目を丸くした後で、そっと会釈《えしやく》をした。僕はひとまずは「どうされました?」と用件を尋ねる。

「ああ、はい。えっとですね——」

それから千尋さんが話したことは、とりたてて面倒な内容でもなく、単に仏事にまつわる質問事だった。場合によっては自分が電話を代わるつもりだったけど、これなら伝言するだけで済みそうだ。僕はどう回答すべきか千尋さんに教えた。

「分かりました。では、そうお伝えしておきます」

長々と電話の相手を待たすわけにもいかないので、千尋さんはさっと踵を返した。襖に手をかけた状態で、僕は首だけ回して清明の顔を窺《うかが》った。清明は狐《きつね》につままれたみたいだった。こちらの想像以上に驚いたようだ。

「誰だ、今の？」

僕が座り直すより先に、清明は切り出した。

「ああ、えーっと、彼女は千尋さんといって、遠い親戚筋だ。訳あって一時的にうちに住んでるんだけど、その間、留守番や、掃除なんかを簡単に手伝ってもらってる」

僕はこれまで檀家さんにも何度か口にしたその場しのぎを繰り返した。暗記した台詞を述べただけみたいだった。

目敏《めざと》い清明は糊塗《こと》を見抜いたのか、余計にいぶかしむような面持ちになった。

「親戚？　彼女が——お前の？」

「ああ。そうだけど……？」

「すまん。もう一度名前を教えてくれ。フルネームで」

僕は清明の態度に違和感を覚えた。まさかくどく気だろうかと勘繰ったが、どうもそういう軽い調子でもなさそうだ。

「千尋。名字は……小早川。そう、小早川千尋だ」

発音してみて、自分自身が千尋さんの名字をしっかり記憶できていないことに気が付く。そういえば、彼女のほうから名前で呼んでほしいと望んだはずだった。

「小早川……千尋」

清明は、納得がいかないかのように鸚鵡《おうむ》返しに呟いた。

釈然としなかった僕は清明に意を問おうとしたのだけれど、またしても襖越しに女性の声がした。

今度こそ、ゆかりのものだった。

「兄ちゃん、キヨアキさん、お迎えが」

ゆかりは清明のことを昔からキヨアキさんと呼ぶ。修行後に山を下りてから僧名で呼ぶように促《うなが》したのだが、清明自身が「キヨアキさん」がいいというので結局もとに戻った。

「はいよ」

返事をしてから、立ち上がって着替えや法具の入った黒のバッグを掴む。清明の態度は依然気にはかかったけど、向こうは気持ちを仕事に切り替えていた。今すぐ問いただす必要もないし、案外なんでもないこともある。また別の機会にするかと、僕は思い直した。

書院を出ると、清明が話したようにゆかりはまだ少し悄然《しょうぜん》とした様子で佇《たたず》んでいた。紺色のパーカーに、灰色のやたらと長ったらしいスカートを穿《は》いている。この無駄に丈のあるスカートはなんて呼ぶんだったか……まさしスカートだっけ？　ひょっとして、僕の好きなシンガーソングライターが発明したのだろうか。

今日は日曜日だが、ゆかりは外で遊ぶこともなく寺を手伝っている。寺の仕事は土日祝日のほうが忙しいことが多い。申し訳なくはあるけども、ゆかりの手を借りないとうちの寺は回らないのがここ数年の実情だった。近いうちに、なんとかしてやらないといけない。

どう声をかけたものかと一考していると、隣で清明がぽんとゆかりの頭を叩いた。昔から常々感じていたことだが、こいつはどうしてこうも気軽に異性にスキンシップをすることができるのか。

「あんまりぼうっとしてると、またお茶をぶちまけるぞ」

「なっ」

清明の言で、ゆかりの顔にみるみる色が戻った。

「い、いつのことですかっ。もうそんなことしないってば」

「そうか？　聞くところによると、なにやら先日も花瓶を……」

「割ってないから。カマをかけないでよ。『花瓶』は割ってません」

ゆかりがちょっと怒ったようにいった。兄の欲目を抜きにしても、ゆかりは年齢の割には仕事は手早いしできるほうだと思う。が、時たま、みそ汁をひっくり返したり皿を割ったりするポカがどうしても抜けない。いつだったか、清明に茶を出そうとして濡れ鼠《ねずみ》にしたこともあった。

そう。先日も花瓶を割ってはいなかったが——マグカップは割ったばかりだ。まだ頬を膨らませていたゆかりを残して、僕と清明は玄関に向かった。外では葬儀社が呼んだタクシーが待機している。

僕は清明なりにゆかりを励ましてくれたことは察していたし、ありがたくも感じていたけれど、このキザ男に素直に感謝するというのも癪《しゃく》だった。

雪駄《せった》を履《は》きつつ、僕は清明にいった。

「ゆかりはやらんぞ」

「だから親父かよ」

2

葬式を終えて戻ったのは夕方くらいだったろうか。用事があるからと早くに帰った清明を駐車場で見送った僕は、自分もそそくさと寺に引き上げた。

「ただいまー」

「……あ、おかえり」

ゆかりが出迎えた。その表情が未だに陰っていることがみて取れる。しかし、出がけと比べると、落ち込んでいるというよりも動揺しているような雰囲気だった。

「どうした？　なにかあったのか？」

「ん、それが、その」

ゆかりはちょっといい淀《よど》み、声を落とした。

「千尋さんが、いないみたいなの」

「いない？　いつから？」

「うん。あたしもよく分かんないんだけど、兄ちゃんたちが葬式に出た辺りから姿がみえなくて。でも、そのときは余り気に留めてなかったから……」

というと、おおよそ二時間ほどか。僕と清明がうちで迎えを待っていたときに、一度彼女は顔を出したはずだが。そういえば、あのとき清明はなにか含んだようでもあった。

「貸してる部屋は、もう確認したんだよな？」

「うん。てゆーか、部屋にもいなかったから、おかしいなって」

「ふむ」

確かに妙な話だった。千尋さんには基本的な仕事の一つとして、留守番をお願いしている。外出する際にはひと声かけるようにするはずだ。ゆかりや僕に断りを入れずに姿を消すのは、彼女の立場からしたら難しい。

「他は？　寺の中は探した？」

その質問には、ゆかりは首を横に振った。

「あたしも気が付いたのちょっと前だったから。それに、留守番しないといけなかったし」

「よし、分かった。じゃあ、ちょっと着替えて、それから僕が探してみる」

「うん。……ねえ、兄ちゃん」

「ん？　なんだ」

「その、あんまり、こういうこと、いうべきじゃないかもしれないんだけど」

そう前置きしてから、ゆかりは申し訳なさそうに俯いた。僕はゆかりがどんな不安を抱いているのか、表情ですぐにピンときた。

「そんな顔をする必要ないって。お前が今考えていることは、普通だよ、普通。誰だってそう思う。恥ずかしいことじゃない」

ゆかりがはっと顔を上げた。

「というか、まず僕だってそう考えた。……実はな、最初に二人で買い物に行ってもらった間に、貴重品の類はまとめて寺務室に移しといたんだ。で、寺務室の鍵はずっと僕が持ってる。多少だけど手は打ってある。だから、万が一なにか盗《と》られたってたいした問題じゃない。それに、責任があるのは僕のほうだ」

正直者が馬鹿をみる。本当に嫌な言葉だけれど、世の中そういうことが多いのはどうも事実なのだ。

「ただ、仏さんとかはそのまんまだけど……さすがに大丈夫だろ。重いし目立つし」

それで僕は、うちの寺――瑞空寺に安置されている仏像の中でも、一風変わった仏様の名を想起した。

「そういえば『エンクウサン』もあったな。まあ、仮にあれに目を付けたんだとしたら、慧眼《けいがん》だ」

「――バカ」

ゆかりが少しだけ表情を緩めていった。

僕は軽く笑い返してから、その足で寺務室まで歩いていく。鞄から寺務室の鍵を取り出したとき、これでもし室内の貴重品が消えていたら密室事件だな、なんてぼんやり思った。

3

幸いなことに、寺務室の貴重品は手つかずのままだった。大衣を脱いでいつもの作務衣に袖を通した僕は、どこから探して回るか考える。

まずは、庫裏《くり》のほうから調べてみるか。ゆかりが一度確認してくれたらしいけど、千尋さんに貸している和室を再点検して、それから台所や他の場所を回ってみよう。掃除している可能性を考えたら本堂や開山堂、一応墓地までみておく必要もある。

このときすでに、僕は嫌な側に転んだケースのことも心の片隅で覚悟していた。つまりは、彼女と一緒に（特に思いつかないが）なにか金目の品も消えてしまった場合だ。そういう意味では、紛失物がないかチェックする作業も兼ねていた。

甲子園を目指す野球部員くらいには伸びてきた髪の先をつまみながら、僕は和室へ続く板張りの廊下を歩いた。庫裏の裏手の辺りだ。ガラス戸の向こう側には小庭が広がっている。そこには祖父の代で掘られた池があり、中には十数匹の鯉《こい》が放ってあった。彼らの現ご主人は、ゆかりである。犬や猫、あるいは小鳥なんかならともかく、嬉々《きき》として魚に話しかける妹の姿は、兄としては若干心配だ。

「千尋さん、いますか？」

和室の前まで来た僕は、襖を引く手前で一度声をかけた。開けたら着替え中だったなんてベッタベタな展開は、僕の年齢でやったら犯罪に近い。

予想通り返答はなかった。廊下はしんと静まり返り、池のポンプの機械音だけが唯一綿々《めんめん》と鳴り続けている。

「……入りますよ？　いいですね？」

とんとんと、二度襖を叩いてから和室に踏み入った。

室内にはやはり、誰の姿もない。

「まあ、そうだよな」

独りごちつつ、床の間の端から端へざっと目を這《は》わす。特になくなっているものはなさそうだ。古色蒼然《こしよくそうぜん》たる飾り物の中、かろうじて値打ちを保っている掛け軸もそのままだった。

布団もきちんと畳まれており、部屋の隅には僅かな衣類が丁寧にまとめられていた。鏡台には化粧品も置いたままだ。

彼女の私物はまだ残っている。もっとも、私物といってもとりあえず間に合わせただけの品だ。捨て置いても惜しくはないだろうが。

それから僕は次々と探索コースを消化していった。どこを見渡しても千尋さんはみつからない。だけど、なにかが盗まれたような形跡も発見することはできなかった。

本堂を探してもなんの収穫も得られなかったとき、僕の心は半ば諦めに傾いた。おそらく、千尋さんはもうここにはいないだろう。なぜ急に姿をくらましたのか、事情は分からない。彼女が語ったことが真実だったのかさえ、こうなった以上闇の中だ。

不思議と怒りや焦りは生じてこなかった。ただ、やはりどうしても腑《ふ》に落ちないというか、疑問ばかりが胸に残る。

あのとき――僕がはじめて千尋さんに出会い、そして彼女の涙がその泣きぼくろの上を滴《したた》り落ちていったとき——なにか、奇妙な胸騒ぎがした。

あれは一体、なんだったんだ。いわゆる既視感、デジャビュというやつだろうか。

しかし、単なる気のせいで済ませられたら悩みはない。

気のせいでなく、本当に、以前目にした光景なのだとしたら。

僕は昔、どこかで、彼女に出会ったことが——ある。

けれども、思い出せなかった。彼女の顔も名前も、一向に記憶は蘇《よみがえ》ってこない。

すると、かなり時を遡《さかのぼ》って、少なくとも中学時代より前の話になるということか。

実は、中学と高校、さらには小学校までの卒業アルバムをめくってみたのだが、彼女らしき人物を見出すことはできなかった。それで一旦《いったん》は錯覚かと片付けたけど、今こうして実際に彼女を探して歩くうちに、疑惑は再燃しつつあった。少年時代を僕と共に過ごした清明が匂わせた、妙にひっかかる態度が疑問に拍車をかける。あいつは、多分なにかを知っているのだ。

それにしても——

もしも、かつて僕と千尋さんに接点があったのだとしたら……再び縁が生じたことを、「偶然」の一言で解決してよいものか。

悶々と思い巡らせている間に、いつしか僕は寺院内をほぼ探し終えてしまった。

微かな疲労感と一緒に、どうしようもない空しさが落ちた。考えてどうなる。肝心要の彼女が消えてしまっては、答えがあるのかすらも分からない。みつかるかも怪しい落とし物を探すようなものだ。

境内や僕の部屋までみて回った。残るはゆかりの部屋しかないけど、さすがにそれはないだろう。と、そう判断した折、僕はまだ改めていない一室があることに思い及んだ。

「……そういえば、もう一つあったな」

忘れていたというより、無意識のうちに後回しにしていたのかもしれない。

父の部屋だ。

庫裏の一階、かつては母の部屋だった仏間の隣に、その部屋はある。父が亡くなってから四年が経っても、そこは未だに父の部屋のままだ。

といっても、一般的な壮年男性の部屋とはまたイメージがかけ離れた空間だった。父の趣味で染められているのだ。

その部屋のドアノブの前に立った僕は、今度はノックも呼び声もなく扉を開いた。

この部屋の主はもういない。

僕の視界が虹《にじ》色に染まった。

色とりどり、大小多様の品々が所狭しと飾られている。その多くはガラス細工だが、仏像や陶器の類も僅かにあった。他にも、かつて入選したゆかりの絵が飾られていたり、恥ずかしながら僕が自作した小物や彫物なども置かれている。それらと、父が自ら蒐集《しゅうしゅう》したものを合わせれば、五十点を超えるだろう。まるでちょっとした美術館みたいでさえあった。

そんなささやかな展覧会に、ふと迷い込んでしまった子どものように、千尋さんは佇んでいた。

僕がドアから姿をみせると、彼女は息を呑んでこちらを振り返った。目元には、はっきりと赤味が差していた。

「——隆道さん」

すぐには返事をしなかった。彼女をみつけられたことによる安堵《あんど》と、なぜこんなところにという違和感が、半々で胸のうちを占めた。

千尋さんの目にはみるみるうちに涙がたまっていく。その理由にも見当がつかず、余計に僕の頭は困惑を深めたけれど、一方では確信めいたものを感じていた。

泣きぼくろを通って、再び雫《しずく》が零れて落ちる。

ああ。やっぱり僕は、同じ記憶を眠らせている。

4

涙を止めることに苦労しているような千尋さんに、僕はかける言葉を失っていた。この寺にやってきたあの日も千尋さんはその頰を濡らしていたはずだけれど、なぜだろう。今日の涙は、より真に迫る感じで、僕にまで悲しみが伝わってきた。

朱に染まった目と頰を擦《こす》りながら、千尋さんはようやくといったようにいった。

「……なにも、お尋ねに……、ならないんですか？」

「いえ、どう声をかけるべきか、迷ってしまって」

偽《いつわ》らずに本音を出した。駆け引きをするような場面ではないように思えた。彼女の心が読めない自分がもどかしくはあったけど、そこに気安く手を突っ込むのはどうしても躊躇《ため》らわれた。そっとしておくべきというのは、気遣いなのか、目を逸らすための方便なのか。頭を剃って出家した身でありながら、こんなことすら僕には答えが出せない。

千尋さんはどこか寂しそうに笑顔を取り繕《つくろ》った。

「そんなに気を使う必要は、ないんじゃありませんか。だって、私はご厚意に甘えた居候でありながら、頼まれた仕事もこなさずに、勝手にこのお部屋にあがりこんだんですよ？」

どうしてこの人は、こんな辛《つら》そうなのか。僕の父の部屋で、ガラス細工に囲まれながら、彼女が忍び泣く理由はどこから来たのか。

既に聞かされた彼女の境遇を思えば、ふとしたことで胸が詰まるのも自然なことなのかもしれない。でも、それだけで答えになるようには思えなかった。

「本当なら、この場ですぐにたたき出されたって、文句はいえないはずです」

「なにも、休まずに働けとはいってませんよ」

僕がそういうと、千尋さんは顔を伏せて零すように「ごめんなさい」といった。

会話をしているうちに千尋さんは大分頭が冷えたみたいだ。彼女は気が抜けたように深い息を吐き出すと表情を緩め、細やかなガラスの光に溢れた室内を見渡した。

「……すごい部屋ですね、ここ。お父様の、部屋」

千尋さんはちらりと棚の上にまとめられた無数の写真立てに目線をやった。全て僕が自作して、毎回異なるカラーや彫りで父にプレゼントしたものだ。父は写真も、こういった手作りの小物も好きだった。

写真の内容から、父の部屋であることが分かったのだろう。そこには、さらさらした産毛《うぶげ》の赤ん坊のゆかりを抱く父の写真や、まだ若く髪も脱色していた頃の母と、なんと髪がまだ残っている父のツーショット、僕が小学校六年生で得度をしたときや、大学を出たばかりの清明が初めて頭を剃り、珍しく真剣な顔で得度をしたときの記念写真、今より若干スリムな体型の文江さんや檀家さんたちと遠足に赴《おもむ》いた高原での一枚、同窓の上園さん一家と出会い、綺麗なショートカットの奥さんと前髪の長い娘さんと一緒に家族で写したもの、同年代の僧侶仲間や、出家した僕と修行寺の境内で撮ったもの、そして――僕たちがほんの僅かの間だけ四人家族だったときの家族写真と、三人になってからの家族写真が、思い出の欠片《かけら》として集められていた。

「遺品をまとめてあるんです。こういった細々したものがやたら多いんですが、処分するのも寂しい気がして」

父の趣味については千尋さんにも話したことがあった。千尋さんは微かに申し訳なさそうな色を浮かべたが、僕は先んじて「気にしないでください」といった。

「ただ、ゆかりの前ではなるべくこういうもの、父についての話題はそっとしてやってくれますか。父が亡くなったとき、あいつは一番多感な時期だったし……。まだ、引きずっているんです。それでもずいぶん、よくなったほうなんですけどね」

一時期はここに仕舞われた遺品の数はこの比ではなかった。現在寺に飾られている ちょっとしたガラス細工だけでなく、父が使っていたものは衣から箸に至るまでその多くをこの室内に押し込めたのだ。

そうまでしてもなお、ゆかりは父を思い出しては泣いた。――ここは、この寺には、どこにでもお父さんがいる。

忘れないことだと、僕だけでなく僧侶たちは教える。それがなによりの供養《くよう》だからと。故人を偲《しの》ぶことで、後ろがあるから前があることを知り、限りある今をそれぞれに生きるよう努めるべきだと、そんなふうに説いた経験は僭越《せんえつ》ながら僕にもある。けれども、忘れようがない喪失《そうしつ》に直面した人に、かけるべき言葉を失った経験もあった。僕も同じ痛みを知っている。忘れるはずがない。思い出が多すぎるから、涙が止まらなくなるのだ。

死は万人に等しく訪れる。だが、訪れ方も、受け入れ方も、千差万別だ。からからに乾いているときもあれば、程よい暖気に包まれるときもある。吹きすさぶ嵐のようなときだってある。

共通して僕たちができることは、結局のところ祈ることだけなのかもしれない。

千尋さんはしばらく黙していたが、机の上にあるガラス細工の一つ、釈迦涅槃《ねはん》像を象《かたど》ったものに目を付けると「これ、触ってもいいですか？」と尋ねた。僕が手の動きで肯定の意を示すと、彼女はそっと、赤子に触れるような柔らかい手つきで、透き通る釈迦像を手中に収めた。

「これは……やっぱり仏様なんですか？」

「そうです。涅槃像といって、お釈迦様が涅槃に入られたとき、つまり亡くなられたときの格好を模したものですね」

「こっちのこれは、ステンドグラスですよね。とても素敵です」

数多の作品に囲まれて、僕は昔のことを思い出していた。

「そういえば父の友人に美術品に詳しい方がいて、一度鑑定にきてもらったことがあるんです。残念ながら、ステンドグラスのいいものが一枚あっただけで、大半は二束三文だったみたいですけど——まあ、ただ、実際の価値はどうあれ、僕とゆかりにとっては今でも大切なものなんです」

僕は写真立ての一枚に目をやった。上園館長の彫の深い面立ちは、たくさんの写真の中でもよく目立っていた。父も館長もずいぶん若い。

「でも、この小さなスタンドや、壁にかかっている他のガラスも、ステンドグラスの一種……ですよね？　ステンドグラスって、たしかとても高価なんじゃありませんか？」

小首を傾げて千尋さんが疑問を呈した。僕はつい破顔してしまった。

「ああ、それは大半がグラスアートなんですよ。ステンドグラスの偽物ってわけでもないんですけど、まあ、ステンドグラス風の、全く異なるものです。ステンドグラスと違ってこいつは彩色フィルムでガラスに色付けします。だから安いっていうと言葉が悪いけど、要するに、手軽に多くの方が作れるものです。手芸に近いかな」

あえて多少悪く解説したのは、ギャップを大きくする意図があった。

「でも、こうしてやると——」

僕は様々なコードが収束した電源スイッチをオンにしてやる。すると、作品の背面や内部に仕込んだ光源が灯《とも》り、色に命が宿った。

　その瞬間、千尋さんのみる目も変わった。

「すごい」

「これも、なかなかいいものでしょう」

　グラスアートに、ステンドグラス。金銭的な価値に開きはあっても、いずれも光と出会うことでその魅力を一層膨らませる美術品だ。物がひしめく狭い一室にとりどりの光が舞い、幻想的な雰囲気が満ちた。ゆかりがこの部屋に入ることをまだ躊躇せず、むしろ好んで入り浸《びた》っていた頃、幼いあいつは「花火みたい」といって父の足元ではしゃいでいた。まだ子どもだったから、花火の光は一瞬のものだということを、上手に忘れられたのだろう。

「最近はちょっとした趣味で作る人もけっこういるんですよ。一番下手くそなのがあれば、それは多分父の作品です」

　千尋さんは慎ましく笑った。父がグラスアートに入れ込んでいた時期は自ら教室に通ったりもしていたけれど、ゆかりはおろか僕と比べてさえも、自分で作る分には父のセンスは壊滅的だった。

　千尋さんはいくつかの作品をしげしげと見詰め、ときおり手にとって眺めたりした。金銭的な値打ちはほとんどないと知っても、その瞳は興味を失ったようにはみえなかった。

ふいに、千尋さんの手がとある仏像の手前で止まる。

仏像や陶器の類には千尋さんはさほど注意を向けていないようだったけど、その仏像はガラス細工の一種でもあった。

「……これは、なんですか？」

悪戯心をくすぐられた僕は、こう答えた。

「それは『エンクウサン』です」

「えんくうさん？」

エンクウサンは背丈が五十センチ程の仏像だった。造りは粗いが、粗雑に彫刻されたものではない。どことなく朴訥《ぼくとつ》とした印象を与える造形だった。

この仏像が一見して他のものと異なっているところは、お腹の辺りに、玻璃《はり》の宝珠《ほうじゅ》――ガラス玉を抱えていることだ。宝珠の色は青を基調としていて、角度によって蒼《そう》穹《きゅう》のようにも深海のようにも思わせる、不思議な光彩だった。

「『円《まる》』い宝珠を持ってますよね。これは仏教でいう『空《くう》』の教えを表現しているんです。だからエンクウサンっていうんです」

「へえ。はじめてみました。よくある形なんですか？」

感心したように千尋さんが頷いた。実は、先の説明は感心されるようなものではない。半分は冗談みたいなもので、一般的に通じる知識ではなかった。こんなおどけた仏像が、世に流通しているはずがないのだ。

「顔つきも、どことなく不思議な表情をしてますね。朗らかに微笑んでるような、でも、みようによってはなぜか少し悲しそうな感じがします」

驚いてしまった。

千尋さんの観察眼は本物かもしれない。

「よく分かりましたね。今いわれたことは、円空仏のとても大切な特徴なんです」

僕がわざと聞き取れるようにはっきり発音すると、千尋さんは微かに眉を寄せた。

「？」

「もし興味があるようでしたら『円空仏』で調べてみてください。ネットの画像検索なんかでもすぐ出ると思いますよ」

続きはウェブで！　というやつみたいだ。大半の人はわざわざ調べない。それはつまり、調べるまでもないような答えがほとんどだからだけど。

首を捻る千尋さんに、僕は追い討ちをかけた。

「そいつも、当時はけっこうな値がついてたらしいんですけどね。色即是《しきそくぜ》空《くう》の空即是《くうそくぜ》色《しき》ですよ」

訳が分からないといいたげな千尋さんだったけど、僕はあえてこれ以上は教えなかった。不立文字《ふりゅうもんじ》、曰《いわ》く云《い》い難《がた》し、なのだ。

「まあ、一口に仏様といってもいろいろあるわけです。例えば、エンクウサンの隣にいるのが、みて分かると思いますけどお地蔵さんです。本名は地蔵菩薩《ぼさつ》」

人気者の地蔵菩薩さんは、弥勒《みろく》菩薩さんが本気を出すと約束した五十六億七千万年後まで人々を救済する任務を背負っている。過労が心配だ。約束のとき、人類どころか地球そのものが存在しているか甚だ疑問である。

「それで、そっちの木像が薬師如来《やくしにょらい》ですね。手に薬壺を持っているでしょう。そいつが万病に効くという話ですよ」

そこまで話したとき、これまで柔和《にゅうわ》なまなざしで仏像を眺めていた千尋さんの表情が、微かに強張《こわば》った。

「すみません。この手の話題、苦手でしたか？」

唐突に謝られた千尋さんはかなりどきりとしたようで、その目を丸くした。

うろたえながら、彼女は僕に尋ねた。

「……あの、どうして？」

否定を含まない返しに、僕は自分が間違っていなかったことを悟る。しかし、どうしてといわれても「勘」としかいいようがなかった。ただし、ヤマカンではなく、経験則に基《もと》づいた勘だ。

「いえ、なんとなく……ですけど。こういうことは、人によって考えが百八十度違いますからね」

宗教の話題はデリケートだ。その反応もまちまちで、食い入るように聞く人もいれば、アレルギーともいえるほど過敏に否定する人もいる。若造の僕でも相手がどう思っているかは聞いている感じでおおよそ察せられるようになった。――ことに、嫌がっている人の場合は。

ただ、宗教嫌いな人が寺に助けを求めるもんだろうか。

「い、いえ、その、私……」

千尋さんがまごまごと弁解しかかったそのとき、被さるようにして凜とした声が響いた。

「いいよ。否定しなくても」

思わず、僕と千尋さんは声のほうをみやる。これまでこの場にいなかった人間は、一人しかいない。

「ゆかり」

「……こんなところにいたんだ」

能面のような無表情を貼り付けて、ゆかりがドアの横で佇んでいた。いつからそこにいたのか分からないけれど、少なくとも僕と千尋さんの先刻のやり取りくらいは聞き耳を立てていたみたいだ。

ゆかりはそっと、室内に足を踏み入れた。

ひたひたとこちらに近づく妹は、得もいわれぬような雰囲気を纏っていた。

「ゆかりさん……今日は、ごめんなさい」

千尋さんが頭を下げたが、当のゆかりは耳に入っているんだかといったふうで、ただ虚《うつ》ろに視線を上げ下げしていた。

「知ってましたか？　千尋さん」

「え？」

前触れもなく、ゆかりがいった。

なにを、と千尋さんがただす前に、再びゆかりは口を開く。

「いないんですよ、この世界には。神様とか。仏様とか」

静かに、しかし重く、ゆかりはそういい切った。

地蔵菩薩像や薬師如来像の辺りを一瞥すると、まるでそれらを断罪するかの如く、
ゆかりはいっそう声を落とした。

「そんなもの」

底冷えするような声色に誘われてか、僕は昔を思い出していた。

第五章――渇愛

鉄や木材や麻紐《あさひも》でつくられた枷《かせ》を、思慮ある人々は堅固な縛《いましめ》とは呼ばない。宝石や耳環《みみわ》・腕輪をやたらに欲しがること、妻や子にひかれること、――それが堅固な縛である、と思慮ある人々は呼ぶ。それは低く垂れ、緩く見えるけれども、脱《のが》れ難い。

『ダンマパダ』三四五―三四六

1

真っ白いカンバスを前にして、あたしはため息を吐いた。すると、後ろから澄んだ笑い声が聞こえてきた。

「珍しい。筆が進んでないね」

「ミチコせんせ」

振り向くと、クラスの担任であり美術部顧問でもあるミチコ先生が微笑んでいた。ミチコ先生はまだ二十代だけど、生徒と程よい距離感を保つのが上手な人で、誰からも悪くいわれないタイプの先生だ（担当科目はもちろん美術）。服装のバリエーションは豊富なのに、スカートだけは絶対に穿いてこないところが好印象だった。

今、あたしは部活動中だ。部員はあたしを含めて僅か五人で、そのうえ、あたし以外はみんな運動部を掛け持ちしている。大会予選目前のこの時期は文化部よりも運動部のほうが忙しいので、今日美術室に顔を出したのはあたし一人だけだった。基本的に自由参加の部活動なのだ。

「締め切りはまだ先だから、焦ることないけど。ただ進路希望調査はいい加減出してね」

ミチコ先生はデスクの上で、美術と無縁そうな事務仕事をこなしていた。隙《すき》のすくないクールな先生だけど、美術部の活動中はスイッチが半分オフになっていることが多い。今日は特にそれが目立っていた。

まあ、あたしもあれこれ指図されるより、自由に描かせてもらえるほうがいいのでお互いに都合がいい。

ただ、今日はなかなか筆が動かなかった。油絵は好きな分野なのに、どうももやもやしてイメージが固まらない。

「……先生のせいで困ってるんですよ。面談のときあんなことというから。兄が本気にして」

三者面談のとき、ミチコ先生はあたしに美大受験を勧めた。あたし自身は無茶をいうなという感じが強かったのに、先生と兄ちゃんが二人で盛り上がっていた。

「だから、私は本気でいってるんだって何度も説明してるじゃない。面談でお世辞なんかいわないよ」

ミチコ先生はそれ以上はなにもいわず、仕事に戻った。

あたしは一筆も入っていないカンバスを苦々しく見詰めつつ、半分独り言みたいにいった。

「あたしは別に……、絵が描けるならなんだっていいんです」

それを聞いた先生はちょっとだけ口元を緩めると、仕事の手を止めないまま「ご隠居みたいなこといってる」と呟いた。

それからしばらく、先生は仕事を、あたしはカンバスと睨めっこを続けた。夕方が近づいて烏《からす》が鳴いたとき、今日はもう諦めることに決めた。筆もパレットも汚れていないので、片付けはあっさりとしたもんだ。

「先生、あたし今日は切り上げます」

「んー。お疲れ」

ばちん、と音を立てて画材道具の蓋《ふた》を閉めたとき、ミチコ先生はふっと零すようにあたしを呼んだ。

「日比野さん」

「はい？　なんですか」

先生は顔を上げてあたしのほうをみると、いつものように淡々とした調子でこんなことをいった。

「読書が好きな人がいつのまにか本を読まなくなったり、音楽が好きな人がいつのまにか音楽を聴かなくなったりって、全然珍しいことじゃないんだよ。……まだ、ピンとこないかもしれないけど」

実際にピンとこなかったあたしは、浮かんだ疑問をそのまま口に出した。

「それって、ホントに好きだったんですか？」

先生は答えない代わりに、ほんの少しだけ表情を柔らかくした。

それであたしは、工作や立体美術が好きだった兄ちゃんが、この数年でそういったものをめっきり造らなくなったことを思い出した。兄ちゃんはどこの会社か知らないけれど『自分で作れる小物シリーズ』というものが昔からお気に入りで、フルコンプしてからも、数があっても困らない写真立てなんかは、暇を見つけては造り続けていたのに。

「……じゃあ、そろそろ帰ります」

「ん。またあした。さっきいったこと、他の部員にはいわないでね」

2

先生の言葉を反芻《はんすう》しながら下駄箱で上履きを履きかえていると、底抜けに明るい声が廊下中を駆け抜けた。

「あー！　ゆかりじゃーん」

麻里乃だった。

麻里乃は吹奏楽部《すいそうがく》に所属している。といっても、担当楽器はパーカッションだそうで、合奏会の鑑賞に行ったときは木琴《もっきん》を楽しそうにパカパカ叩いていた。「知ってた？　マンボ！　って叫ぶの、魚のマンボウのことじゃないんだよ！」と、さも得意げに語ったことは記憶に新しい。

昼休み中によくするような生産性のない会話をぽつぽつ繰り返しながら、あたしたちは二人影を並べて歩を進めた。日の暮れる直前で、影は薄く、長い。

「しっかし、このところのゆかりは元気ないねー」

なんの脈絡もなく、麻里乃があたしに向けていった。

「え？　そうかな」

「また進路のことなんでしょ。分かんないなー。なにをそんな悩む必要があるの？」

「いやいや、あんた。あたしらの学年で、進路で悩まないほうがおかしいって。あんたのほうがレアなんだよ」

「んー、ま、そうかもしんないけど。私が今いってるのはそゆことじゃなくてさ、ゆかりって」

麻里乃はいったん言葉を切って足を止めると、あたしに人差し指を突きつけた。

「絵描く以外に、なにも特技ないじゃん！」

「な、ななっ。ちょっと、そりゃいきなり失礼じゃないか」

どう考えても落ち込んでいる友達に対して断言するべき台詞ではなかったけど、麻里乃の顔は自信に満ち溢れていた。

「いやだって、成績とか美術以外はよくてたまーに、ホンッとにたまーに『四』取るくらいじゃん。苦手科目は『二』ばっかだし。そんなんでテキトーな大学受けるくらいだったら、一発、得意な絵のほうで美大目指したほうがいいに決まってるでしょ」

「なんであんたが、あたしの成績をこと細かく知ってるわけよ！」

「ゆかりはバカだけど、絵は上手だね」

「ごめん。スゲーむかつく」

なんだその超いい笑顔は。

けれども、結局その顔に毒気を抜かれたあたしは、お腹の底から「ふうっ」と二酸化炭素を吐き出した。ちょっとだけ身体が軽くなった気がした。

「……違うんだよ。どこを受けるかで悩んでるんじゃないの。あたしだって、進学するなら、そりゃ美大に行ってみたいよ。本格的な絵の勉強はしてみたいしさ。そうじゃなくて、あたしが悩んでるのは、進学するかどうかなの」

「え？　なになに、ゆかり就職が希望なの？」

麻里乃はかなり驚いたようだった。それもそうだ。あたしと麻里乃の会話からでは想像もつかないことだろうけど、あたしたちの女子高は名門ではなくてもそこそこの進学校なのだ。進学率は百パーセントに近く、就職を希望するのは毎年数人いるかいないかだ。

道路の端からその先の辺りをぼんやりと目で追いながら、あたしはいった。

「あたし……うちのお寺を手伝おうかなって思ってるの」

お寺から通える距離に、美大は一つもない。

進学を選ぶなら、あたしは家を離れ、独り暮らしをすることになる。

「自分の食費とかくらいはバイトでもして自分で稼ぐようにして、あとはお寺に住みながら、お寺を手伝いたい」

「ははあ」

どんな反応をされるかひやひやしていたあたしの心臓はかなり大きく鳴っていたけど、当の麻里乃は分かるような分からんようなといった様子をしていた。

「……それで、暇なときにはのんびり絵を描く」

少し声量を絞って、最後にそう付け足す。麻里乃は「ふうんふうん、ふうん」と、何度も頷き、やがていつもの癖でぽんと手を打ってから、やっと答えをみつけたような晴れ晴れとした顔つきになった。

「それはつまり、パラサイトシングルだね！」

「もっとオブラートに包んでよ！」

あたしはぐぬぬと頭を抱えた。なんだかんだで話してよかったわあスッキリみたいになることを期待したのが間違いだった。スッキリどころかバッサリだ。

麻里乃はやたらと嬉しそうにこちらの背後に回り込むと、あろうことかあたしのポニーテールの先を、茜空《あかねぞら》へ突き刺すようにつまみ上げた。

「ちょんまげ！」

「やめんか！」

「パラサイトちょんまげ！」

「うっとうしいわ！」

鞄をぶんぶん振り回して、あたしは麻里乃を振り払った。麻里乃は変わらずけらけらと笑い転げていた。

「そっかあ。なるほどねー。でも、ゆかりのお寺って、今そんなに大変なの？　もしかしてお兄さんから手伝ってっていわれてるとか？」

「……いや、そういうわけじゃないんだけど、ね。でも、もしあたしが進学したら、手が一人分足りなくなる上に、学費はもっとかかるようになるわけで……」

もにょもにょと、まるで言い訳しているみたいな口ぶりになってしまった。麻里乃は変わらずにニコニコとこちらを覗き込んでいた。

「そっかぁ。まあ、実家を手伝うって全然普通の話だもんね。うんうん」

麻里乃はポンッとあたしの背を叩いてから、元気付けるように、善意百パーセントの笑顔でこういった。

「うん。ニートよりは全然マシだよ！」

「あんたさっきから容赦《ようしゃ》ないね」

そのとき、帰り道が枝分かれする地点に差し掛かった。交差点を右に曲がるとお寺に向かう道で、道なりに直進すると麻里乃の家に着く。

麻里乃は目の前の信号機が青であることに気が付くと、「お」と呟いてから、一歩あたしの前に出てこちらに向き直った。

「じゃ、ゆかり、また明日。さいなら！」

「おー。さよーなら」

麻里乃は最後にぶんぶんと手を振って、あまり速くない足で横断歩道を駆けていく。あたしは進路を右へ切り替えながら、ぼんやりと考え事をした。……麻里乃の志望する看護学校は、どの辺りにあるんだろう。あの子はやっぱり、いずれこの町を去るつもりなんだろうか。

3

物事というのは続くもので、その日、進路に関して兄ちゃんのほうからあたしに水を向けてきた。夕食の後片づけが終わり、千尋さんが先にお風呂に入りにいった後だった。

「ゆかり、ちょっと話があるんだけど、今いいか？」

「……なに？」

この時点で、あたしは胃の辺りに不快感があった。これは嫌なことの前触れだ。

「まあまあ、そこに座って」

兄ちゃんはぽりぽりと耳の後ろを掻くと、話の接《つ》ぎ穂《ほ》を探すように、「んー、その、なんだ」と意味のない前置きをした。

「今更改まったってしょうがないし、別に恩を着せるつもりはないんだけどな、その、僕は父さんが亡くなってから、一応はお前の保護者でもあるつもりなんだ。まあ、お前としては不服かもしれないけど」

「……ん」

進路の話題だということをあたしは悟った。

「でだ、さすがに、一度聞いておきたいと思ってな。学校にも進路希望を出す時期だろ。ゆかり、お前、高校卒業したら、どうしたいと自分では考えてる？」

あたしは口を結んでいた。

麻里乃に話すのと、兄ちゃんに話すのとではことの重大さが違う。あたしがお寺に残りたいと伝えたら、兄ちゃんはどう受け止めるのだろう。喜んでもらえるのだろうか。それとも、やっぱりもっとしっかりした道を探して欲しいと感じるのだろうか。

一番話しておかないといけない人だから、一番打ち明けづらかった。

一分か、二分か、あたしは沈黙を守った。首の辺りにうっすら汗をかき始めていた。なおも黙りこくるあたしをみて、兄ちゃんは苦笑いを浮かべた。

「じゃあ、僕のほうからも話すことがあるから、まずはそっちからいくか。そのまま聞いててくれ」

予想外の展開だった。

話すことって、なんだろう。よく分からなかったけれど、幾分か緊張の解《と》けたあたしはとにかく首肯《しゆこう》した。兄ちゃんは「あのな」と一言添えてから、こう切り出した。

「遠慮しなくていいから」

「……へ？」

あたしが気の抜けたような声を出すと、兄ちゃんはなにを誤解したのか、嬉しそうに何度か頷いた。

「分かってるよ。お前が、寺に気を使っていることは」

「はあ、まあそりゃあ……」

「だけどな、心配しなくてもいいから。卒業したら、学びたいことを、学びたい場所で学んでいい。これまでゆかりがずっと寺を手伝ってくれて、僕は本当に助かったよ。だから、今度は、お前がしたいことを、したいようにしていいんだ」

あたしは言葉を失っていた。

いや、ちょっと待ってよ。兄ちゃんなにいってんの？

「卒業後も手伝ってくれとか、そんな無理をいう気はないから。安心して欲しい」

いやいや、なにをどう安心すればいいの。

「場所も、学費も、年数も、気にしなくていい。好きなところを選んで大丈夫だ。僕の稼ぎはそこまでじゃないけど、でも、お金はちゃんと用意してあるから」

あたしが疑問を顔に出すと、兄ちゃんはとても大切なことを教えるように、ゆっくりと話した。

「父さんが、ゆかりのために残してくれたお金だ。少なくとも、お前が学生の間は、学費と生活費を賄えるだけの分を積み立ててある。贅沢できるほどじゃないけど、自分のしたいことに集中する時間は、持てると思う」

あたしは胸が詰まった。

多分、いや間違いなく、あたしは今ものすごく嬉しいことをいわれている。あたしは恵まれている。肉親が、自分のために、幸せな「未来」を、長年苦労しながら用意してくれていた。

——でも。

「だって、あたしが、あたしがいないと、兄ちゃん大変じゃないの？」

絞り出すようにしてあたしがそう聞くと、兄ちゃんは笑った。

「そりゃもちろん大変だよ。でもまあ、なんとかなるって。文江さんにはこれまで以上にお世話になるだろうけど、前々から相談はしてあるんだ。だから大丈夫。心配すんな」

頭の中が真っ白になっていた。

あたしがいなくても……なんとかなるって？

ご飯は誰が作るの？　うどん以外作ろうとしないくせに。

お茶を出したり、法事のお供えの準備は？　兄ちゃん一人じゃ手が足りないじゃない。

留守番や、境内の掃除や、鯉の世話は誰がするの？

兄ちゃんが寝坊したら、誰が起こしてあげるっていうの？

あたしの代わりに――誰がそれをするの？

「……本当に、あたしがいなくても、平気？」

「大丈夫だ。任せておけ」

あたしの中で、なにかが切れた。

このお寺は、あたしがいなくなってもいいんだ。

「……ばいいっていうの」

「ん？」

「じゃあっ！　あたしは一人で、どこに行けばいいのっ！」

気が付けば、あたしは声を荒らげていた。

兄ちゃんはあたしの突然の剣幕に仰天したようで、あまり大きくない目を見開いて、口もぽっかりと開いていた。

あたしは構わず怒鳴った。

「勝手なこといわないでよっ！　あたし、あたしはっ」

なんなんだ。

ほんの一割ほど残っていた冷静なあたしが「いやいや、勝手なのはあんたのほうだろ?」と、心のうちで囁いた気がした。あたしは今、兄ちゃんの優しさを踏みにじっている。それは分かっていた。

自分勝手に、自分本位に、自分中心に、相手のことなんてお構いなしで、ただただ醜く吐き出している。

けど、どうしても『自分』を抑えきれなかった。

「……しらない。今日はもう寝るからっ」

最後に駄々っ子のように喚き散らして、あたしはダイニングルームを飛び出した。

次の瞬間のことだ。

いつかのようにばったりと、あたしはお風呂上りの千尋さんと出くわした。

千尋さんはほんのり上気《じょうき》した頬で、黒々とした美しい髪をバスタオルで拭きながら、こちらを上目遣いにみた。あたしの様子がおかしいことに勘付いたのか、僅かに怪訝《けげん》な面持ちで、千尋さんがなにか口にしかける。あたしはそれを黙殺して、顔を隠すように伏せながら一気に二階へ駆け上がった。

自分の部屋に逃げ込んだあたしは、殻に閉じこもるように部屋の鍵をかけた。興奮したせいで、呼吸がひどく乱れていた。

肩で息をするあたしの胸の奥では、悔しさが訳もなく溢れて止まらなかった。

——あの人のせいだ。

あの人が来てから、なにかがおかしくなったんだ。

第六章——生老病死

人身《じんしん》受けること難く、死すべき身の生き長らえること難く、正法聞くこと難く、
仏のあらわれること難し。

『ダンマパダ』一八二

1

ゆかりが消えた後、僕は呆然《ぼうぜん》と椅子《いす》に座り込んでいた。
なにがなんだかよく分からない。いや、ゆかりが怒り、そしてその原因が僕にあることは状況からして明らかなわけだけど、なぜこんなことになったのか頭が追いつか

なかった。

むしろ、僕はゆかりが喜ぶようにと話をしたのだ。こうなった後だとマヌケ極まるといったところだが、今日、僕はできればあいつの背中を押してやりたかった。

しかし、現実には妹は喜ぶどころか激怒してしまった。

深呼吸をした。それから、自分のいったこと、ゆかりのいったことを一つ一つ振り返ってみる。すると、おぼろげながら答えに近そうなものが僕にもようやくみえはじめた。

——あいつは、多分、寺に残るつもりだったんだ。

人間、誰だって必要とされれば嬉しい。その逆は、寂しいものだ。それでゆかりはカチンときてしまったのだろう。

とはいえ、それだけであそこまで怒るものだろうか。

仮にゆかりがうちの寺の現状から、卒業後も残らざるを得ないと一度は覚悟していたとしても、まだ十分進路変更が可能な時期だ。普通なら、自分が自由に進路を決めていいと知ったら喜びそうなもんじゃないか。まして、ゆかりはこれまでずっと寺によって自由を制限されてきたというのに。

思わず唸ってしまっていた。けっこう、いや実は、かなりショックだ。ゆかりの悲しそうな顔が瞼《まぶた》の裏に焼きついて離れない。兄としても、保護者としても、僕は配慮が足りなかったわけだ。

きいいと控えめな音を立てて、ダイニングルームのドアが開いた。隙間から、湯上りの千尋さんが遠慮がちに顔を半分覗かせていた。

「あの、お風呂頂きました。ありがとうございます」

「ああ、分かりました」

その後も、千尋さんはすぐには立ち去ろうとしなかった。僕が「どうしました？」と促すと、千尋さんは後ろ手で静かにドアを閉めてからこちらに近づいた。

「……ゆかりさん、どうかしたんですか？」

「鉢合《はちあ》わせましたか」

僕が頭を掻くと、千尋さんは微妙に困ったような表情をして、「はい。ちょうどそこで」といった。

腰を上げ、自分と対面の椅子を引いてから、僕はそのまま冷蔵庫に足を伸ばした。

「まあ、座って下さい」

千尋さんがしずしずと座すのをみてから、冷蔵庫を開ける。初めはトマトジュースを手に取ろうとしていたけど、ペットボトルのキャップに指が触れたところで、ふっと考えが変わった。

「千尋さん、お酒は飲めるほうですか？」

なんとなく、この人はアルコールは駄目なんじゃないかと僕は決め付けていた。だが、予想に反して千尋さんはこう答えた。

「大好きです」

「じゃあ、ビールもいけますか？」

「いくらでも」

千尋さんは微笑んだ。

意外だったけれど、そういうことならと僕は缶ビールを二本出して、棚からグラスも同じ数摑み取った。

「……つまみは、なにかあったかな？」

「私が、なにか簡単なものでも作りましょうか？」

「いや、いいですよ。風呂上りに面倒でしょう。お、よし。生ハム発見」

気の早いお中元で頂いた品だ。自分では絶対買わないような高価なものなので、きっとおいしいだろう。

皿に取るのが億劫《おっくう》だったので、生ハムは包装を裂《さ》いてそのまま食卓に出した（元々切り分けられているやつだ）。その間、千尋さんが箸を用意し、グラスにビールを注いでくれた。シュワシュワと気泡の弾ける音が、森閑《しんかん》とした室内によく響いた。

「じゃあ、今夜はちょっと飲みますか」

「いただきます」

かちり、とグラスを合わせてからビールに口を付けた。グラスを卓に置いたとき、僕よりも千尋さんのほうが嵩《かさ》が減っていて吹き出しそうになってしまった。

「お好きだったなら、教えてくれればよかったのに」

「逆の立場だったら、いえますか？」

「なるほど」

千尋さんは口の端を吊り上げた。蠱惑《こわく》的という表現がしっくりきて、僕は少しどきりとしてしまった。

話しながらも、千尋さんはぐいぐいとグラスをあおる。どうやら本当に酒好きのようだ。互いに一息ついたところで、千尋さんがいった。

「お酒は……いいですよね。いろんなことをぼかしてくれるから」

この人がぼかしたいものはなんなのだろうか。答えを聞く前に、逆にこちらが酒を手にした理由を問われた。

「ゆかりさんと、なにがあったんですか？」

「……進路の話をしたんです」

僕は先刻のことを千尋さんに語って聞かせた。ゆかりが余計に怒りそうだなと、心の隅で引っ掛かりを覚えたけど、同じ女性の意見を耳にしたい気持ちが勝った。

話している間、千尋さんは積極的には口を挟もうとはせず、時折相槌を打ったり、質問したりといった様子だった。聞き上手な人だな、となんとはなしに感じた。

「……というわけで、どうしたもんかなって思案してるんですよ」

話し終わると同時に、僕は席を立った。缶が空いたので追加でもう二本ビールを取り出す。普段は飲んでも一本だけなのだが、今日は特例にしておこう。ちなみにビールも全て頂き物だ。合掌。

「ゆかりさん、素敵な絵を描きますものね」

僕は千尋さんがどこでゆかりの絵を目にする機会があったのか一瞬だけ疑問を抱いたが、すぐに合点がいった。父の部屋だ。先日、あの場で彼女も飾られたゆかりの絵を何点かみている。

「私は、ゆかりさんの絵には、力があると思います。うまくいえませんが、なにか、みた人を動かす力が」

ビールを片手に淡々とした口調で、千尋さんはそういった。驚きのあまり、僕はすぐに言葉を返すことができなかった。いや、僕だってゆかりの絵は高く評価しているが、まさか身内以外から——それも千尋さんから——ここまでいってもらえるとは。

それに、いくらゆかりが上手とはいえ、中学を過ぎた頃からあいつは入選した絵を飾ることを恥ずかしがりだしたので、父の部屋にあった作品は大半が小学生時代のものでしかなかったのに。

普通に考えればお世辞と受け取るべきだろうけど、そのわりには千尋さんの態度に媚びたところがなかった。僕は迷った末、「ありがとうございます」とだけ答えた。

「隆道さんは、どうお考えなんですか？」

「そりゃあ僕も、ゆかりの力を伸ばしてやる意義はあると思ってます。今の世の中、それでイラストレーターやらデザイナーやらになれるとか、そんな簡単なもんでは当然ないでしょうけどね。それでも、もしもあいつの将来で絵を描くことがなにかの仕事に繫《つな》がったら、とても恵まれたことじゃありませんか？」

「でも、ゆかりさんには、今のところどうもその気はないってことですよね」

「……みたいです。美術部だし、絵が好きなことは間違いないはずなんですけどね」

「優先順位の問題でしょう」

千尋さんが即答した。

「絵の勉強よりも、ゆかりさんにとってはお寺のほうが大事という、それだけのことではありませんか？　今のところ——ですけど」

さも当然といったふうに千尋さんはそういったが、僕は得心がいかなかった。

「まさか、それはないでしょう。十代なんですよ？　普通、田舎の寺で過ごすより、都会に出て、自由に好きなことができたほうがいいに決まってるじゃないですか」

「いやぁ……。ゆかりさんは、普通ではないでしょう。どう考えても。あんな擦れてない子、田舎にだって今時《いまどき》滅多にいないと思いますよ」

「……それはまあ、そうかもしれませんが。いや、でも、ゆかりだから、やっぱりあり得ないはずなんです」

僕が僅かに語気を強めると、千尋さんは楽しげに「どうしてです？」と返した。仄かに酔っているみたいで、頬に赤みが差している。その顔は自信に満ちており、まるで自分の勝ちが絶対に動かないことを予《あらかじ》め知っているような、そんな調子だった。

「千尋さんも聞いたでしょう。ゆかりは、仏教が嫌いなんですよ。憎んでいるといってもいい」

僕は息継ぎをするみたいにしてグラスを傾けた。一瞬の苦味が喉を駆ける。炭酸がはぜると共に、僕の記憶がフラッシュバックした。

あんなふうに泣いたゆかりをみたのは、いつ以来だろうか。

2

皆さん、胸に手をあててみてください。――聞こえますか？　心臓の音が。

父は、法話の枕としてよくこういっていた。

そして、穏やかな声のまま、次のように続けるのだ。

その音は、いつか必ず止まります。


人は死ぬということを、父は決して避けては語らなかった。それが父の信念であり、信心でもあったといえる。おそらく、それには僕の母が若くして亡くなったことも関係していたのだろう。一方で、現世利益《げんせりやく》と呼ばれる、いわゆる御まじないや祈禱《きとう》によって即物的なご利益を願うことを父は頑なに否定していた。

――仏教とはなにか？　この問いに、一概に正しいといえる答えを用意することはなかなか難しい。それはお釈迦様が最初に説いたことが、世の中の全てが「変化」し続けるということであり、永遠不変のものは存在しないという教えだからだ。

一神教ならば、絶対の神に変化は許されない。しかし、仏教に不変の神はいない。その教えも、文化と歴史によって常に形を変えてきた。いずれもが仏教の一部であり、間違いではないけれども、絶対でもない。正しさというより、立ち位置の問題だと僕は思う。

そういう意味では、父の立ち位置は、まあ結構尖《とが》っていた。現在の日本では仏教というと法事葬式だけど、それだけが仏教ではないと広く理解してもらえるように父は努めた。仏教の始祖であるお釈迦様の教えは、あくまで人が生きるための教えなのだと父は強調した。

父のいう「生きるための仏教」は、僕たちがどういう存在なのか明らかにするところから始まる。

僕たちは心も身体も変化し続ける。感情は移ろい、身体は老い、ときには病を患《わずら》い、いつかはその形を失う。それはもちろん、人だけでなく、獣《けもの》も、木も、生命でない無機物だって、脆《もろ》いガラスも強靭《きょうじん》なダイヤモンドさえも、皆等しくそういうふうにできている。

当たり前といえば当たり前だが、あまりといえばあまりともいえるような、そんな教えだ。しかし、父はここから出発しないと仏教は意味を成さないといって決して譲らなかった。

そしてある日、自分で話していた通りに、父の心臓の音はふいに止まってしまったのだ。四年前、脳卒中《のうそっちゅう》だった。

3

蟬《せみ》の声がうるさい蒸し暑い日で、襦袢《じゅばん》が肌に張り付き気持ち悪くなったことをよく記憶している。

父が倒れたのは外での法事を終えて寺に戻った直後のことで、側にいた僕自身が救急車を呼んだ。あまりにも現実感が薄く、心臓が痛いほど強く打つわりに、頭は気持ち悪くなるくらいに冷えていた。ヒューズが飛んだような状態だったのかもしれない。父が死ぬかもしれないなんて信じられないくせに、万が一のときに連絡すべき相手を一人一人思い返したりもしていた。

非常に危険な状態です――そんなドラマで聞くような台詞を、実際に僕は医者の口から告げられた。真っ白になった僕の頭をわずかながらに引き戻したのは、その次に医者がいった「ご家族の皆さんをお呼びしたほうが」という、これもまた決まりきった、空恐ろしい言葉だった。

昼過ぎだったので、ゆかりはまだ中学校にいた。電話でどう説明したかは覚えていない。他には、文江さんと清明に連絡を入れた。

タクシーで一旦寺に戻ったとき、ゆかりの姿は庫裏にはなかったけれど、導《しるべ》となるものはあった。

寺に安置された仏像たちに焼香《しょうこう》がなされていたのだ。昼間でも薄暗い堂内にほのめく灯は、高速道路のトンネルをオレンジに染め上げる電光にどこか似ていて、僕は昔父にドライブに連れていってもらった日のことを思い出した。ところどころぽつぽつと続くその灯が、本堂まで続いている。

本尊様《ほんぞんさま》の前で手を合わすゆかりの目は、既に涙で濡れていた。

「……ゆかり」

僕は妹の名前を呼んだ。続く言葉を用意してあったわけではなかった。

「……兄ちゃん」

震える声で、ゆかりが返した。僕は頭の整理がつかなかったけど、とにかく病院に連れて行かなくてはと考えを巡らした。

僕が口を開く前に、ゆかりはいった。

「——大丈夫だよね？」

ゆかりの顔色はぞっとするほどに青白かった。

妹がもう一度、念を押すように僕に尋ねる。

「お父さん……大丈夫だよね？」

このときのことを、僕は今でも忘れようがない。

「……大丈夫。大丈夫だから」

やっとのことで、僕はそういった。手先がひどく冷たいのに、じっとりとやたらと嫌な汗をかいていた。

「……お父さんに、会いに行こう」

そのときゆかりがどう思っていたのかは、分からない。ただ妹はそれ以上はなにも言葉にせず、しゃくり上げながら何度も何度も頷いた。

病院に向かう僕たち兄妹の背後では、本尊様がいつもと変わらぬ、静かな微笑をたたえていた。

それから三日間、父は頑張った。回復の見込みはすでになく、その身体には何本もの管が繋がれていたが、表情だけは終始穏やかだった。いつもの父の顔をしていた。

三日間、ゆかりは一時帰宅のたびに焼香を絶やさなかった。万病を治すという薬師如来の前ではずっと座り込んでお祈りを続けた。本尊様はもちろん、父が趣味で買い集めたほんの小さな仏像や、エンクウサンにまで、寺のあらゆる仏にゆかりは手を合わせ、頭を下げた。お父さんを守ってくださいと囁きながら。

4

「僕もゆかりと一緒に、薬師如来の前で祈禱をしました。それまでは父と一緒に、それと正反対のことを説いてきたのに、いざとなったら現金なもんです」

当時の記憶を振り返りながら、僕は千尋さんにかいつまんで昔話をした。

一口、ビールをあおる。それほどアルコールに強い体質でもないので、血の巡りが速まっていることが感じられた。

「反対って……どういうことですか？」

生ハムをつまみつつ、千尋さんが返した。

「父は、祈禱や御まじないについては否定的だったんです。お札やお守りみたいな些《さ》細《さい》なものでさえあまりいい顔をしなかったくらいで。よくいってましたよ。世の中、病気が治ることもあれば、治らないこともあると。そりゃあ病気は治るにこしたことはないけど、残念ながら我々の手では決められないこともあるんだと」

ぐびりと、僕はさらにビールを含んだ。既にぬるくなり始めている。

「まあ、その通りになってしまったんですけどね」

宗教の役目は、奇跡を起こすことだろうか。

それとも、奇跡を否定することだろうか。

答えの出る問いではないけれど、少なくとも父が後者に寄っていた宗教者であったことは間違いない。なにも自らの人生をかけてまで証明しなくてもいいだろうと、息子からしたらそう思うが。

「——お父様は、どういうお考えだったんですか？」

「え」

思いのほかに千尋さんの語調は強く、僕は僅かに戸惑いを覚えた。

「いえ、その、仏様が病気を治してくれないなら、じゃあ死を思わせるような病を患ったとき、私たちはどう考えればいいのですか？」

千尋さんの問いかけは、ある意味では仏教の根幹に関るものだった。病気如何《いかん》にかかわらず、僕たちはいつか必ず死ぬ。どんな力でさえも、それを曲げることはできない。必然の死を前にして、僕たちはどう生きていくべきなのだろう。

苦しみを明らかにしたお釈迦様は、人間にどんな薬を渡したのか。

「うーん。それは、僕なんかが簡単に答えていいものではありませんし、言葉でいってすぐ納得できるってわけでもないと思いますよ。ただ、そうですね……」

この場で父の説法をそのまま話したり、父の考え方を嚙み砕いて解説したりすることは造作《ぞうさ》ない。しかし、それでは上っ面をなぞっているだけだ。父の言葉は、父が話すからこそ強い意味があった。

さて、僕はどう話したものだろうか。

「教外別伝《きょうげべつでん》、不立文字——って、ご存知ですか」

「すみません。不勉強で」

「いえ、知らないのが普通ですよ。ものすごく簡単にいうと、本当に大切なことは、言葉や文字に起こせないってことです。なぜって、起こしてしまうと、それが絶対の答えのように感じてしまう。言葉や文字を否定するわけではないんですが、それに囚《とら》われてしまうのはよくない」

「では、どうするんですか？」

「笑わないでくださいよ」

僕が前置きすると、千尋さんはこくりと小さく頷いた。なんというべきか、これから僕が口にすることは言葉選びも含めてほぼ辞書どおりの説明なのだけど、九回裏ツーアウト満塁のピンチにストレートで三球勝負を仕掛けるような潔《いさぎよ》さと熱さがあるのだ。

「――心から、心に伝えるんです」

気恥ずかしさを押し殺して大真面目に僕がそういうと、千尋さんは手が出せず見逃し三振したバッターのような表情になった。

僕は弁解するみたいに続けた。

「いやいや、別にふざけてませんよ。本当に。禅宗で師弟関係を重んずるのはそのためです。師の心から、弟子の心に伝える。これがお釈迦様から綿々と続いているといわれていて……ぶっちゃけその証明だの正統性だののでくだらない争いも腐るほどあるんですがそれはさて置き、ともかく、僕たち禅宗系の坊主は師の言葉だけでなく、生き方そのものから学ばないといけない」

「……生き方」

「そうです。父があくまで生きるための仏教にこだわったのも、正にそのためです。ただ言葉を並べるだけ、ましてお経《きょう》を唱えるだけでは僧侶といえないと」

それから僕は、在《あ》りし日の父の姿を思い起こしながらいった。

「僕自身は、父のすぐ側で、父の生き方をみることができて本当によかった」

千尋さんはちびりとグラスに口を付けてから、悪戯っぽい顔をしてみせた。

「では、その『心』を、また別の誰かに伝えていくべきではありませんか？」

核心を射貫《いぬ》かれてしまった。その通りなのだ。

千尋さんは卓上の水滴を意味もなく指でなぞると、眉一つ動かさずにこういった。

「私、中学の終わりのときに、母が倒れたんです」

「えっ」

いきなり告げられた過去に、僕は身を固くした。これまでほとんど自分のことを語ろうとしなかった千尋さんが、どういう風の吹き回しだろう。アルコールが大分回ってきたのかもしれない。

中学の終わりというと、ゆかりと似たようなものだ。父が倒れたのは、ゆかりの中学校二年の夏だった。

「私の母の場合は、そのまま亡くなったわけではありません。でも、それから無理のできない身体になりました。実際、平均寿命と比べると、母の人生は短かった。私を高校に入れようと、躍起《やっき》になって働いたのが祟《たた》ったのだと思います。……もう、父親がいなかったから。私のために身体を酷使していることは感じていたので、ありがたいけど、複雑でした。ただ、私がそれとなく相談しようとしても、母はいうんです。自分たちは幸せになれるのだと。絶対に大丈夫、心配いらないんだって。そういうときの母の顔つきが、正直、私は少し怖かった」

母親が倒れた後、千尋さんはどんな道を歩んだろうか。高校に通いつつ母親の介護をしたのか、あるいは進学自体を断念したのか。いずれにせよ、経済的に苦しかっただろうことは想像に難くない。この女性の苦労の一端を僕は垣間《かいま》みたような気がした。

しかし、同時に疑問も抱いた。この話の中で、千尋さんの旦那はいったいどこで登場するのだろう。会社をリストラされ借金も作ったというその男に、病人だった千尋さんの母親を看る余裕があるようには思えなかったし、そもそもにして千尋さんはなぜその男と結婚する道を選んだのか。

千尋さんは僕の表情から察するところがあるようだった。

「……今なにをお考えか、多分、分かりますよ」

気泡の潰《つぶ》れたビールを飲み干すと、千尋さんは自嘲《じちょう》気味な笑みを浮かべた。なにか一考する様子を窺わせてから、彼女は口を開いた。

「……私と母が、あの人に迷惑をかけたのは……間違いないんです。そう、経済的にも精神的にも、とても大きな負担をかけてしまった。分かってはいるんです。一度は、戻らないといけないってことは。会って、謝らないといけない……」

ささくれ立った指の並んだ手で顔を覆うと、千尋さんは呻くように漏らした。

「……だけど、私、怖いんです……」

僕が言葉を返すより先に、千尋さんは朗らかな雰囲気を取り戻していた。きっと、この人は笑顔を貼り付けることに慣れすぎてしまったのだと、そのとき僕は思った。

「倒れて、身体を病んでから、次第に母は変わりました」

千尋さんが僕を見詰めた。どうにも含みのありそうなまなざしだった。

「……隆道さんの生き方を側でみていれば、私も、大病を患っても心穏やかでいられるのかしら」

苦笑してしまった。話があちらこちらに飛んでしまったけど、千尋さんは初めの質問に戻ることを忘れていなかったみたいだ。

「僕だって、いや父だってそうだったはずですけど、病気になるのは嫌ですよ。もちろん、死ぬのも嫌です。お釈迦様の最初の偉業は、世の中嫌なことだらけだって真正面からぶった切ったことなんです」

千尋さんは声を立てずに笑った。なんの助言もできず、答えも出ない、お説教とはいえない代物《しろもの》だったけど、なんとか一区切りはついたようだった。

この世には、悲しいことが多過ぎる。

「……ただ、ゆかりはまだ中学生でしたからね。ゆかりにとって、父は坊さんじゃなくてあくまで『お父さん』でした。父の法話を聞いたことは何度かあったでしょうけど、それをあの歳で自分のものとして受け入れろってのは酷《こく》でしょう」

百聞《ひゃくぶん》は一見《いっけん》に如《し》かず、というと微妙に意味が違うかもしれないが、体験しなければその重みは知りようがない。僕自身がそうだった。そもそも、痛みや辛さを計る定規《じょうぎ》なんてないのだ。

「きっと、ゆかりは恨んでるんですよ。父を助けなかった仏様を。毎日毎日、真面目に坊さんをしていたお父さんを、どうして救ってくれなかったのかってね」

「……それであのとき、あんなふうに」

「特に、薬師如来さんには恨み骨髄《こつずい》ですね。気の毒だけど」

うちの薬師如来も、当然薬壺は持っている。万病を癒すと伝えられる仏の薬壺。はたして、その中にはなにが入っていたのだろうか。まさか出し惜しみしたわけでもあるまい。

「まあ、僕は父ほど厳格じゃありませんよ。父は、僕からみても芯《しん》の強い人でしたが、人間みんなそこまでタフじゃないでしょう。なにかに縋《すが》りつきたくなることはあるし、余裕がなくなれば尚更《なおさら》です。そういうときのために、無条件で力になってくれる宗教があっても、それは決して悪いことじゃないと僕は思います」

「……難しいですね」

千尋さんは眉をひそめた。意見がありそうな様子だった。

「だって結局、現実には効果があるかどうか分からないわけですよね。それに――」

そこで、千尋さんは明らかにいいよどんだ。

「どうしました？」

「いえ、やめときます。それこそ、釈迦に説法になりますから」

千尋さんは言葉も表情も取り繕ったようだった。僕は「別に遠慮しなくてもいいですよ」といったけれど、深く追及することはしなかった。ごまかしたってことは、おそらく宗教関係者には耳が痛いことを口にしかかったのだろう。

生ハムを一枚口に放り込む。うどんほどではなくても、僕の好物だ。しっとりと塩味が利いているのが美味。しかし、肉を肴《さかな》に酒を飲みながら仏教を語るなんて、我ながらなんて罪深い坊主だ。本当に、とことん矛盾《むじゅん》している。

「ゆかりが寺のことを優先したいとは、僕にはとうてい思えないんですよ。むしろ、これまで文句一ついわずによく手伝ってくれたもんです」

僕がしみじみというと、千尋さんは今度は作り物でない笑みを零した。

「いろいろとおもしろいお話になりましたけど、その点については隆道さんの見方は、はっきりいってしまいますと——全然、的外れですね」

「はい？」

あっさり却下された。

「そんなに難しく考えなくてもいいんですよ。こういうのって、男性だからなんですかね？　もっと、ずうっとシンプルなことなのに」

千尋さんは心底おかしそうに目を細めた。笑い上戸《じょうご》なのかもしれない。

「ゆかりさんが嫌々お寺を手伝ってるようにはみえませんよ。外からみれば、あの子がここをとても大切に思っていることは、誰にでも分かります」

「いや、しかし」

「ここは確かにお寺ですけど、ゆかりさんにとってはお家《うち》であることも間違いないでしょう？」

「まあ……、それはそうですが」

「それに、かりに仏教や仏像が嫌いだとしても、だからってお寺が嫌いとは限らないんじゃありません？」

「海老《えび》は嫌いだけどかっぱえびせんは好きっていうくらい矛盾してませんか？」

「あら、私かっぱえびせん好きですよ。特に山わさび味」

なんの話をしてるんですかと突っ込む前に、千尋さんが二連打した。

「巨人は嫌いだけど、川相《かわい》は好きっていう人だっていると思います」

「あなたいったい歳いくつですか？」

「二十四歳、だそうです」

川相昌弘《まさひろ》選手が巨人でレギュラーを張っていたのは、今から二十年以上前のことなのだけれど……。いや、僕だって彼の全盛期をよく知っているわけではないが。人生送りバント。

「どこかに、ご贔屓の球団が？」

まさか、この人とプロ野球の話ができるとは思ってもみなかった。

「赤ヘルです」

「カープですか。そりゃ熱い」

広島東洋カープ。セ・リーグの球団で、チームカラーは目の覚めるような赤色をしている。その真紅のヘルメットから、赤ヘル軍団の異名を持つ球団だ。

「隆道さんは、どこを応援してるんですか？」

「オリックスです。昔のブルーウェーブというか、イチロー選手が好きだったので」

「あら、じゃあ喧嘩《けんか》はしなくて済みそうですね」

オリックス・バファローズはパ・リーグの球団なので、セ・リーグに所属する広島と順位を争うことはない（両球団が同年に日本シリーズに進めば雌雄《しゆう》を決することになるけど）。

「でも、最近は交流戦がありますから」

「そうですね。というか、今が時期ですし」

一旦会話を切ると、千尋さんは試すような、色っぽい目付きをした。

「直接対決します？」

「そりゃおもしろい」

オリックスは強豪のひしめくパ・リーグにあってはやや苦しい立場にある球団だった。近年は押しも押されもせぬ強豪球団となった広島が相手では少し苦しいかもしれないが、なに、勝負は時の運だ。

「実はプロ野球観戦のためにケーブルＴＶを引くか検討中なんですよ。番組表だけ試しに手に入れた状態でして」

テーブルの片隅に積んだ古新聞やなんやらの束を僕は指差した。あのどこかに埋もれているはずだ。

千尋さんは「それはいいですね」とひとまず相槌を打っておきながら、言葉のわりにさほど興味はなさそうだった。その理由は、すぐに分かった。

「でも……私は、やっぱり野球を観るなら」

千尋さんは、ぬるまったビールをぐいっとあおった。

「お空の下で、ビールを飲みながらがいいですね」

案外と、おっさんみたいなことをいう人だ。広島の本拠地、広島市民球場（略称、マツダスタジアム。正式にはMAZDA Zoom-Zoom スタジアム広島）は、天然芝の屋外球場だった。近年はドーム球場が増えて、月に向かって打つことができない球団も多い。

「はは。いいですね。いつか球場まで、一緒に行きましょうよ」

「楽しそうですね。……でも、大丈夫かな。隆道さん、ちょっと忘れっぽいから」

「いや面目ない。ゆかりからもよくそういわれますよ。——て、あれ、それこそなんの話をしてたんですっけ？」

久しぶりの野球談義に、大きく脱線してしまった。ゆかりはあまりプロ野球はみない。父が亡くなって以来、年々僕も野球観戦から遠ざかりつつあった。それはそれで寂しいので、一念発起《いちねんほっき》してケーブルTVでも引こうかと考えたのだけど。

「話題は……思い出さなくてもいいと思いますよ」

「？」

「もっと分かりやすく教えてあげてもいいんですけどね。でも、やっぱり止めておきましょう。ゆかりちゃんに怒られたくないですし」

千尋さんはさりげなく「さん」付けから「ちゃん」付けに変えていた。こっちのほうが怒られそうなもんだ。

先ほどからエライ勢いでかっ飛ばしていた千尋さんは、さらに続けて意外な方向へ打球を放った。

「隆道さん。よかったら、私にまかせてもらえませんか？」

「まかせるって……どういうことですか？」

「進路の件ですよ。私が、ゆかりちゃんに話を聞いてみます」

「千尋さんが？　ゆかりに？」

鸚鵡返ししてしまった。

「いや、ちょっとそれは、まずいんじゃないですかね」

僕が反応に困ると、千尋さんはきっぱりとした口調でいった。

「分かってます。私が、ゆかりちゃんにあまりよく思われていないことは」

「そんなことは……」

あります、とはさすがにいえなかったけど、心のうちで僕は自覚はあったんだなと思っていた。ただ、それを知っていながら、千尋さんはどういうつもりなのか。

「しかし、やっぱり止めたほうが賢明だと思うな。ゆかりは根っこでは人見知りが激しいほうだし、ただでさえそういうことを話したがらないたちで。それに、怒るとけっこう怖いですよ」

「構いません」

千尋さんはグラスに残ったビールを一気に流し込むと、おいしそうに「ふう」と息を吐いて、すうっと流し目を送った。その目の下で、泣きぼくろが怪しく光ったみたいだった。

「私も、ゆかりちゃんと仲良くなりたいと願っていたところなんです」

千尋さんの謎の勢いに気圧《けお》され、僕はぱくぱくと口を動かした。

「……はあ。まあ、そういうことでしたら……じゃあ、お願いしてもよろしいですか？」

「おまかせください。ただ、そのためにちょっと軍資金が必要なんですけど、よろしいですか？」

「軍資金？」

「いえ、たいした額じゃありません。ただ、私ご存知のように手持ちがありませんから、領収書を切ってきますので、少しだけ貸してもらえませんか？」

「ああ。そういうことでしたら」

この寺に千尋さんが転がり込んでから、そろそろ二週間が経ちそうだった。その間、彼女にはかなり手助けしてもらっている。食費や居住費を差し引いたとしても、ある程度の手当はもう渡しておくべき頃合だった。

「些少ですけど、これまでの給料を出しますよ」

千尋さんは若干驚いたような顔をみせて静かな声で「助かります」といってから、こう続けた。

「——隆道さんは、ちょっと、甘すぎると思いますよ」

「坊主ですから」

僕がそういうと、千尋さんはくすりと微笑んだ。坊主でも、美人には弱い。

第七章――和合

つねに注意して友誼《ゆうぎ》の破れることを懸念《けねん》して（甘《うま》いことを言い）、ただ友の欠点のみ見る人は、友ではない。子が母の胸にたよるように、その人にたよっても、他人のためにその間を裂かれることのない人こそ、友である。

『スッタニパータ』二五五

1

裏庭に通じるガラス戸を開くと、こっちの姿がみえているのか、あるいは音に反応しているのか、鯉たちはいっせいに集まってくる。あたしがご飯をあげることをちゃんと分かっているのだ——というと賢そうだけど、あたしがペレット（浮《う》き餌《え》）の袋を手に取る前からがっついて水面を暴れ回り、ただの藻《も》だろうが枯れ葉だろうがお構いなしに食いつく姿をみれば、やっぱりアホなのかなあとも思う（でも食べ物以外はすぐ吐き出す）。まあ、アホな子ほどかわいい。

あたしと鯉の付き合いは長い。あたしが生まれたときにはもう鯉はいた。病気や事故にさえ遭《あ》わなければ鯉の寿命はかなり長いので、今泳いでいる鯉の中にはあたしより年上のものが三匹もいる。そのうち一匹は兄ちゃんよりも上という、お寺の最古参だ。

物心ついたときから、あたしは裏庭の池が好きだった。維持するだけでもそれなりにコストがかかるため、お父さんは何度か埋めてしまうことも考えたらしいけど、幼いあたしが大泣きして阻止したという逸話も残っている。

パラパラとペレットを放った。待ち構えていた鯉たちが狂喜乱舞する。この子たちもそれぞれに性格が違い、獰猛《どうもう》な子もいれば臆病《おくびょう》な子もいる。図太《ずぶと》いやつは他を押しのけて貪るので心配いらないけれど、ビビリだとなかなかエサにありつけない。そういった子たちにも行き渡るようにペレットを放ってやるには、少しコツがいった。

ひと通り投げ終えたあたしは、意味もなくぼうっと池の様子を眺めていた。掃除と濾過《ろか》装置のメンテはもう終わっている。それでも立ち去ることなく、あたしは鯉たちをじっと観賞していた。

こういうことは以前からよくあった。なんとなく落ち込んだとき、しゃっきりできないとき、あたしは鯉をみていたくなる。この子たちは、基本、病気にかからなければ元気いっぱいだ（冬場はぴくりとも動かないけど）。

昔から、家族で女はあたし一人だけだ。あたしには母親の記憶がない。写真の中でしか知らないお母さんは、あたしを産んでから一年経たずして亡くなったそうだ。兄ちゃんも、生きていた頃のお父さんもなにもいわなかったけど、お母さんはあたしを出産して身体を壊したのだと思う。

命をもらったことには、お母さんには本当に感謝している。だけど、あたしはお母さんに化粧の仕方を聞いたり、料理を教わったりすることはできない。仕方がないことだと思っても、ちょっと寂しいのが本音だ。だからあたしは、ときどきこうやって鯉を眺める。……このなかには雌もいるはずだけど、実は鯉の雌雄は職人でも見分けるのが難しい。

六月といっても、近年だと既に暑い日もある。今日がそうだった。けど、日光がよく当たると水中が綺麗に透けるので、鯉を観賞するにはちょうどいい。辺りを見渡せば、ショウブには蕾《つぼみ》がつき、若葉の茂るクチナシは純白の花が一輪だけ咲いていた。

あたしは白い花が好きだ。変な押し付けがましさがなく、潔い感じがいい。

――ああ。またデコスケが隅っこのほうでぱくぱくしてる。丹頂という紅白紋様の品種で、頭頂部に一点の紅が落ちた鯉だ。高価な品種だけど、まだ小さくて安いものをあたしが自腹で購入した。デコスケは臆病で要領も悪いくせに、誰よりも食いしん坊だった。

デコスケの泳ぐ辺りに、ほんの少しだけ追加でエサをまいた。ぽちゃっという微かな音が立ち、いくつか波紋が広がる。デコスケは音に怯えて一度逃げてしまうのだけど、そのうちびくびくと元の場所に戻り、やがて食事に夢中になった。やっぱり、アホだけどかわいい。

「……ホント、あんたたちはいいよね。食べて泳ぐのが仕事なんだから」

ふうっとため息を一つ吐いて、独り言をいった。

あれから、兄ちゃんとはどことなく気まずい状態が続いている。悪いのは自分だと分かっていても、謝りにいくことがなかなかできなかった。進路に関してだって、どうすればいいか未だに答えが出せていない。ミチコ先生はなにもいってこないけど、進路希望調査の締め切りはとっくに過ぎていた。

眼下で鯉が顔を出したり、悠々《ゆうゆう》泳ぎ過ぎたりしていく。その紋様はいろいろだ。赤白だったり、黄色だったり、白黒だったり。

そういえば、鯉の世話についての指南書に、こんなことが書いてあった。鯉の素晴らしい特徴の一つは、群れに新参者を入れても、なんのわだかまりもなく仲間になれることだと。鯉はその手のストレスを感じにくい生き物らしい。アホだから。

「ゆかりさん」

ふいに、背後から呼びかけられた。

完全に自分(と、鯉)の世界に浸っていたあたしは、正に寝耳に水だった。危うく池に落ちて本当に水を被るところだった。

振り返ると、そこには千尋さんがいた。一緒に買ったシフォンのブラウスを着ている。あたしのほうも、あのときに衝動買いした綿ニットのカーディガンを着ていた。そのことを意識した途端、なんともいえない感情があたしの心中でざわめいた。

「……千尋さん。どうしたんですか?」

珍しいな、とまず思った。この人があたしを呼びに来ることは、これまでもほとんどない。時刻はお茶時《ちゃどき》には遅く、夕ご飯には早かった。一体なんの用事だろう。

千尋さんは警戒する猫を相手にするみたいに、柔らかい笑顔を作った。

「いいえ。特に、なにも」

自分もサンダルを履いて裏庭に出た千尋さんは、ゆっくりとした足取りであたしに近寄ってきた。なんなんだ。どういうつもりなのか、一切考えが読めなかった。

あたしの背後まで寄り添って、千尋さんはぴたりとその足を止める。あたしの肩越しに、鯉を見下ろすような格好になった。

「かわいい鯉たちですね。私、こっちのカープをじっくりみるのは初めてです」

「……千尋さん。本当、どうしたんですか？」

小唄でも歌うような、楽しげな口調で千尋さんはこう答えた。

「ゆかりさん。少し私と、お話ししませんか？」

2

意味不明だった。

「話って……、なんの話ですか？」

「なんでもいいですよ」

千尋さんはあくまで優雅な表情を崩さず、こちらの反応を試しているみたいでもあった。この人の、こんな調子は初めてみる。これまであたしは、千尋さんはどちらかというと周囲に合わせることに腐心するタイプだと考えていた。

「……あたし、そういうのあんまり得意じゃないんですけど」

嘘ではない。あたしは自分から話題を振るのが苦手だった。麻里乃のように、こちらが黙っていてものべつ幕なしにしゃべり続ける人でないと間が持ちにくい。

遠まわしに拒否されても、千尋さんはひるまなかった。

「私とお話をするのは、嫌ですか？」

さっき不意打ちで話しかけられた瞬間よりも、その数段ぎょっとした。

まさか、この人の口から、こんな直截《ちょくせつ》的な言葉が出るとは。その口調も表情も、まるで変わらず、おしとやかなままなのに――

あたしは千尋さんの正面に向き直った。

「そんなことは、ありません」

あたしは精一杯の愛想を振り絞り、頬の筋肉をにこやかに引きつらせる。

ここは、逃げを打つわけにはいかない。

「どういう魂胆《こんたん》か知りませんけど……楽しそうじゃありませんか」

「よかった。……じゃあ、せっかくですし、コイの話でもしませんか？」

千尋さんは意味ありげに、そんなことをぬかした。

「――エラ呼吸のほうですね？」

「肺呼吸してたら大発見ですね」

あたしは確信した。

今、目の前にいる女は、少なくともあたしがこれまで勝手に思い描いていた千尋さんとは別人だ。

なんともいえない気分だったけど、実はそれほど悪くは感じていなかった。腫《は》れ物に触るように扱わないといけない悲劇のヒロインよりも、女狐《めぎつね》のほうがまだマシだ。嫌いなタイプに容赦はいらない。向こうからこのあたしに鯉バナを吹っかけてきたのだ。よろしい。一泡ふかせてやる。鯉の恐るべき生態に、慄《おのの》くがいい。やつらには胃袋がないのだ。

「ゆかりさん。私、あなたにお願いがあるんです」

「……お願い？」

この人があたしに頼みなんて、パッとは思い浮かばなかった。

「もういい時間ですし、場所を変えませんか？」

「それはいいですけど……どこにですか？」

「あなたのお部屋です。そこで、お話をしましょう」

自室に入れて欲しいというのに、意表を突かれた。あたしは基本的には部屋に誰もいれず、常に鍵を掛けている。兄ちゃんでさえ、最後にあたしの部屋に入ったのはいつだったか判然としないくらいだ。あたしは、自分の空間に足を踏み入れられることがあまり好きではない。

「あたしの部屋ってのは、気が進みませんね」

あたしが警戒を深めると、千尋さんはくすっと微笑んだ。

「もちろん、ただでとはいいませんよ」

「……え？」

千尋さんはいっそう艶《あで》やかに口の端を上げ、整った唇で衝撃の事実を告げた。

「私、チーズケーキ作るの得意なんです」

「！」

「実は、一つ焼いてみました。電子レンジですけど」

「……!!」

あうあうとたじろぐあたしに向かって、千尋さんは自信たっぷりの口調で誘った。

「一緒に食べませんか。ゆかりさん、あなたのお部屋で、お茶でもしながら。無理にとはいいませんけど——ね」

かつてない次元の苦悩にあたしは苛《さいな》まれていた。

そ、そんな。これって、思いっきりニンジン作戦じゃないか。エサを用意して釣り上げようという気が満々じゃないか。こんな程度の低い作戦にまんまと引っ掛かるなんて、それこそ目に映ったものにはなんでも食いつく鯉のようなものだ。あたしは鯉じゃない。きちんと理性を持った人間だ。

け、けれど、でも、チーズケーキだって……！

そのうえ、料理に関して定評のある千尋さんの手作り。英語でいうならハンドメイドだなんて。

結論が出るまで、あたしは頭を抱えこんで呻《うめ》いた。

夕ご飯の前におやつを食べるのはよくないけど、夕ご飯の前というのはつまりお腹が空いているわけで、お腹が空いているときに食べるチーズケーキというのは、とてもおいしいに違いない。

「……千尋さん？」

「はい。なんですか」

「紅茶を飲むときは、ミルクとレモンとストレート、どれが好みですか？」

「ストレートでお願いします」

千尋さんは、最後まで爽《さわ》やかだった。

「……あたしが、用意します。台所で作ってから、あたしの部屋に行きましょう」

力なく、情けなく、あたしはいった。

欲望に屈したあたしの視界の端では、デコスケが相変わらず水面に顔を出して、口をぱくぱく忙《せわ》しなく動かしていた。……デコスケ、そこにはもうご飯残ってないよ。というか、それ以上食べるとあんた太るよ。

動物は、主人によく似る。

3

あたしがティーポットから紅茶を注いでいるうちに、千尋さんは冷蔵庫から取り出したチーズケーキを切り分けた。浅黄色《あさぎ》のベイクドチーズケーキだ。しっとりと上品な色艶で、わざわざ土台生地までこさえてあった。全く全く。いつの間にこんなけしからんものを作ったのか。

「あの、せめてここで話しませんか？」

部屋に招くのがどうにも気が進まなくて、諦め悪くお願いした。

けれど、切り札を得た千尋さんは強気だった。

「駄目ですよ。約束したじゃないですか」

「それは……そうですけど。別にどこで食べても一緒じゃないですか」

「全然違いますよ。苺ソースかけます？」

「お願いします」

千尋さんは上機嫌でなにかのメロディーを口ずさみながら、市販品の小さな苺ソースで赤い円を描いた。用意周到だ。心憎いまでの芸の細かさ。残念ながら、敵のほうが軍備が充実していた。

「お兄さんに聞かれる心配がないほうが、楽しいお話ができそうじゃありません？」

「…………」

あたしは降参の意を表してため息を吐いた。


がちゃり。

二階に上がって、観念して自室のドアノブを回した。背後では、お盆を携《たずさ》えた千尋さんがにこにこして控えている。

「ドーゾ」

仏頂面《ぶっちょうづら》で、あたしは招かれざる客を引き入れた。

一歩部屋に踏み入るなり、千尋さんは楽しそうに室内をじろじろと見渡した。

「あんまりみないでくださいよ」

「まあまあ。いいじゃないですか。とってもゆかりさんらしい部屋だと思いますよ」

「それ褒《ほ》めてませんよね」

婉曲《えんきょく》的に殺風景といわれたような。

あたしは極力、部屋に色をつけないようにしていた。フローリングはむき出しで、ポスターや小物の類は一切飾っていない。その代わりというとなんだけど、ビニールシートやイーゼル、それからスケッチブックなんかが片隅にまとめてある。ときどき美術課題を持ち帰って部屋をアトリエ代わりにすることがあるので、汚れてこまるものはなるべく避けていた。部屋自体に余計なものが付いていると、なんとなく集中力が削《そ》がれるようで嫌なのだ。

クッションを千尋さんに渡して、自分は枕をベッドから掴んだ。通常誰も部屋に通さないので、クッションは二人分はない。

あたしたちは小さな座卓にケーキと紅茶を並べ、向かい合わせに座った。ほんのちょっと前までなら夢にも思わなかった事態だ。これって、一寸先は闇？　それとも棚から牡丹餅《ぼたもち》？　まあ、ここまできたらもうどうでもいいや。

そんなことよりチーズケーキだ。

「じゃあ、いただきますね」

「ええ。どうぞ」

なめらかなケーキに、フォークが吸い込まれるように入った。土台生地さえも柔らかくできている。あたしは胸を高鳴らせ、まずは一口ぱくりといった。

「……お、おいしいっ」

なんじゃこりゃ。

普通にお金を取ってもいい味だった。お上品な甘さ、濃厚なチーズのコク、それらに華を添える甘酸《あまず》っぱいストロベリーソースのエクセレントなアクセント。

「ありがとうございます」

千尋さんがお礼をいったけど、このときばかりはお礼をいうべきはあたしのほうだと素直に思えた。

「……ねえ、どうして？」

「なにがですか？」

ミルクティーを一口飲んだ。素晴らしいケーキは、紅茶との相性も完璧だった。

「……どうして、なんでもおいしくできるの？」

好物で丸め込まれてしまったのかもしれない。あたしは千尋さんにずっと聞いてみたかったことを、千尋さんの顔を直視せずにいった。優しい黄色に、鮮烈な赤を散らしたチーズケーキは、一枚の絵にしてもいいような出来だった。

千尋さんがどんな反応を示したのかはあたしの目には映らなかったけど、しばらくしてからこんな答えが返ってきた。

「料理は――基本、ですからね」

「基本が大事ってこと？」

あたしが尋ね返すと、千尋さんはなぜか笑いを堪《こら》えるような素振りをみせてから、

「ええ。その通りです。さしすせそですね」といった。

「ケーキ、砂糖しか使わないじゃん」

どうでもいいけど、塩と醬油《しょうゆ》で迷ったことがあるのはあたしだけだろうか。今時「せうゆ」なんていわないし。

「まあ、料理は経験と勘ですよ」

「たいていのもんはその二つだよ」

もう一口ケーキを味わった。おいしい。結局、こういったことは言葉での説明を求めるべきじゃないのだろう。

「……あたしにも、作れるかな」

聞いてもらわないと意味のない台詞を、あたしは極力聞き取れないようなか細い声で口にした。

「作れますよ。ゆかりさんなら」

千尋さんはすぐにそういい切った。

それであたしは、今度こそ、千尋さんのほうをみた。相変わらず、羨ましいくらい綺麗な瞳だった。

「じゃあ、あたしにも作り方を教えてください」

癪に障《さわ》るけど、この人の料理の腕は本物だ。出来るならあたしも、こんなチーズケーキを作ってみたい。そのためには当人に教えてもらうのが一番だ。

これには千尋さんも多少面食らったみたいで、穏やかな顔つきが微かに固まった。

でも、それはほんの一瞬の出来事で、すぐに千尋さんは温和な調子を取り戻した。

「ええ。もちろんいいですよ」

「本当に？」

「私は嘘はつきません」

千尋さんは、千尋さんらしく微笑んだ。

緊張の解けたあたしに、恥ずかしさが舞い戻った。あたしは再びそっぽを向いてミルクティーをすする。チーズケーキはもう半分くらいになっていた。

「……やっぱり珍しいわ。あなた」

ふっと千尋さんはそういって、自分もストレートティーの入ったカップを口元に運んだ。その口調にかなり違和感があったけど、上書きするように千尋さんは続けた。

「いつか暇をみつけて、一緒に練習しましょう」

「お願いします」

あたしが頭を下げると、千尋さんは満足げにこちらをみた。

「向上心が強いんですね」

「別に、そんなことは……」

ないと思う。そんなに立派なことじゃない。手元のお皿に視線を落とした。あたしはただ、チーズケーキが好きなだけだ。

まるであたしの心を読んだみたいに、千尋さんはこういった。

「好きなものは、チーズケーキだけじゃないんじゃありません?」

千尋さんが意味ありげに見据えたその先には、あたしのスケッチブックがあった。

心臓を、優しく撫でられたような感覚が走る。

この感覚は、前にもあった。

「あの中、みてもいいですか?」

「嫌です」

「あら、冷たい。いいじゃないですか。料理を教えてあげるんですから、その代わりってことで」

「そんな約束はしてません」

「頑固ですねえ」

呆れたように、千尋さんはケーキをつついた。この人は、動作の一つ一つがやたら優雅で、お嬢様みたいだ。

「美大に進学するつもりはないんですか?」

千尋さんが、唐突に核心を突いた。

あたしは手にしていたティーカップを思わず落としそうになった。カップの中で紅茶が揺さぶられて波立つ。あたしの心を写し出したみたいだった。

「……そんな、そんなこと——」

いろんな思いや感情が頭を巡る。巡るばかりで、まるで整理が追いつかない。

「——あんたには、関係ないでしょう」

つい千尋さんのことを「あんた」呼ばわりしてしまったけど、あたしにはその失礼を後悔する余裕などなかった。なぜだか、あたしには分かったのだ。この人は、単に世間話をしているわけじゃない。あたしの心の、底の底の奥深くまで、今まさに指先を伸ばしてきている。あたしの友達でも家族でもないくせに。

混乱するあたしをよそに、千尋さんは変わらず穏やかだった。

「そうですね。関係ありませんね」

千尋さんはあっさりとそういってから、柔らかく微笑んで「でも」と続けた。

でも——なに？

「興味はあります。ゆかりさん、あなたの未来に」

「ど、どうして」

勢いあたしが尋ねると、千尋さんはますます優雅で、それに優しい笑顔を浮かべてみせた。

「だって私、ゆかりさんの絵が好きですから」

口を半開きにしたアホ面を浮かべて、あたしは凍りついた。

訳が分からない。そんなことをいってもらえるほど、この人があたしの描いた絵について知っているはずもないだろうに。

――本当に、訳が分からない。

「お兄さんだって、ゆかりさんの絵をとても買ってましたよ」

「……世の中、そんなに甘くないよ」

「世の中に出たこと、あるんですか？」

間髪《かんはつ》をいれない返しに、あたしはぐっと息を呑んだ。

そんなあたしを千尋さんはティーカップ越しに確認すると、余裕綽《しゃく》々《しゃく》の面持ちでカップを傾けた。

「実は私は、ゆかりさんがなにを悩んで、どういうふうに考えているのか、おおよそ見当がついています」

「なにを根拠に、そんな……」

心臓が早鐘《はやがね》を打つようだった。

本当は、根拠なんかいらないんだ。だって、この人こそ、あたしが抱えていた不安そのものなんだから。

「――あなた、お兄さんと離れたくないんでしょう？」

千尋さんの確信に満ちた視線が、あたしを射貫いた。その泣きぼくろは、同性でさえも幻惑しそうな美しさを秘めていた。

絶句するあたしをあやすように、千尋さんはいった。

「大好きですもんね。お兄ちゃんのこと」

「な、ななっ」

耳の先から頬まで、一気に血が巡っていった。

かつてないほどの面映《おもはゆ》さに、気が付けばあたしは声を荒らげていた。

「違うよっ。誤解だよっ。そんなんじゃない。そんなんじゃないんだってゔぁっ」

取り乱すあたしを、美術館の絵でも鑑賞するようにゆったりと千尋さんは眺めていた。その落ち着き払った態度に、あたしはますます動転した。

「本当だよ。信じてよ。そんな、好きとか、そういうのじゃないんだってて。か、勘弁してよ、気持ち悪いっ。そんなんじゃなくて、本当に、あた、あたた、あたしは、ただ……」

もはや半泣きになっていたあたしの狂乱を肴にティータイムを楽しんでいた千尋さんは、一度カップを置くと、今度はもう我慢できないとばかりにその手で口元を押さえた。

「……？」

急にどうしたのだろう、とあたしが思った次の刹那《せつな》だった。

千尋さんは——爆笑した。

大きな声で、「ふふふ」でもなく「くすくす」でもなく、普通に「あはは」と大笑いした。呆気に取られるあたしを余所に、千尋さんはたっぷり二分間は笑い転げた。

なんなんだ。

もう、なんなの。……この人。

呆然とするあたしを尻目に、千尋さんは何度かむせ返りつつ、苦労しながらやっとのことで呼吸を整えていった。

「あー……。おもしろかったー……。ご、ごめんなさいね、ゆかりちゃん。いや私もこんなに笑っちゃうとは思ってなかったんだけど、あなたがあんまり赤くなるもんだから、つい」

目を擦りながら、千尋さんは謝ってきた。それで現状を再認識したあたしに、くすぐったい気持ちが蘇った。

「だ、だからっ。違うんだって。笑ってないで聞いてよっ」

「いや、いいからいいから。いわれなくても分かってるわよ。はじめから、そこまで聞く気なんてないから」

意味をいまいち取り損ねたあたしに向かって、千尋さんは先んじてこういった。

「好きっていってもいろいろあるものね。どっちのLかまでは聞きゃしないわよ」

「いや、聞いてよ」

疑わしきは罰せずよりも完全無罪を主張するあたしの控訴を右から左へいなし、千尋さんは質問した。

「ゆかりちゃん、ずっと女子高なんでしょう？」

「え？　そうだけど」

「その上、いろいろ——あったみたいだしね。イリオモテヤマネコを保護したような気分だけど、まあ、分からなくもないわ。好きだとか、そういうこと以前に、あなたたち多分近づきすぎちゃったのね」

そんな台詞と共に、千尋さんは一人で勝手に得心のいったように頷いた。あたしはまだ若干不満が残っていたけれども、今度は口を挟まなかった。

「まあ、たしかに私が干渉すべき問題でもないけど……」

「だったら黙っててよ」

千尋さんはあたしを無視して、続けた。

「いいじゃないの。美大に進学してみれば。せっかく力を評価されてるのに、もったいないじゃない。隆道さんはもうこのお寺の住職さんなんだし、心配しなくても逃げやしないわよ。一度くらい家を離れて、それから成長した姿をみせてあげれば？　隆道さんきっと喜ぶわよ」

あたしは沈黙した。

そんなこと、いわれなくても、自分で嫌になるくらい考えてきた。

けれど。

「そりゃあ、美大を出ることが将来に役立つかどうかは、分からないけどね。確かに世の中そう甘くないし。けど、厳しいことばかりでもないのよ？」

あたしは顔を俯けた。

千尋さんの言葉が思いの外に優しくて、辛かったから。

「ぐちぐちとお堅いことをぬかすのは、年を取ってからにすればいいわ」

「……だ、だって」

いつのまにか、あたしは震えていた。

震えはずっと止まらない。

どうやっても、どうしても、止まってくれない。

「分からないじゃない」

「……？　仕事のこと？」

あたしはぶんぶんと首を横に振った。払っても払っても、それでも纏わり付くなにかから逃れるように。

普通の大学で、四年間。短大だとしても二年か三年はかかる。

逆に、あたしの卒業までは、もうそれほど時間は残されていなかった。

「あたしが離れている間に……兄ちゃんが、いなくなるかもしれないじゃない」

「隆道さん、まさかなにかの病気なの？」

あたしはまた首を横に振った。

「違うよっ。違う、けど。でもっ、お父さんだって、ずっと元気だったのにっ」

いつも通りだったのに、お父さんは突然いなくなってしまった。あたしはもう二度と、お父さんと話をすることができない。どんなにいい絵が描けたって、もうお父さんはあたしを褒めてくれないんだ。

お父さんと最後になんの話をしたのか、あたしはどうしても思い出せない。

思い出すのは、最後に触った頬の冷たさ――。

「いついなくなるかなんて、分からないものっ。あたしが死ぬかもしれないし、兄ちゃんが死ぬかもしれない。おと、お父さんが、本当にそうなったんだからっ」

あたしは泣かない。

もう泣かないことに決めたのだ。泣いている間に、優しい人がいなくなってしまわないように。いつかそのときがきたときに、笑っていたことを思い出せるように。それまでは、泣かないことに決めたから。

だから、こんな他人の前で、あたしが泣くわけがない。

千尋さんはあたしの顔をみて、今までで一番静かな声を出した。

「もう、ないわよ」

「分からないよっ。誰も教えてくれないんだからっ」

声を荒らげたあたしは頬を拭ってから、大きく息を吸った。いろいろなものが悔しかったり悲しかったり怖かったりで、自分でもなにがなんだかよく分からなくなっていた。

「そ、それに——」

「？」

首を傾げる千尋さんにじっとりと視線を注いでから、あたしは呟いた。

「……兄ちゃんだって、さすがにそろそろ結婚するでしょ」

兄ちゃんもあれで三十が近い。本人がふわふわしているから微妙だけど、いい加減周りも急《せ》かし始めている。これからの数年で、良縁があるかも知れない。

「そうしたら、あたし、ここでは小姑《こじゅうと》じゃない。邪魔でしょ、普通。どんな顔して帰ればいいの？　もしお嫁さんと合わなかったら、あたしはどこに行けばいいの？」

失いたくなかった。

たとえいつか、必ず壊れることが決まっていても、あたしはあたしの居場所を手放したくない。壊れるならばその瞬間までしがみついて、直せるものなら直して、守れるものなら守りたい。

「だから、もし、進学しちゃったら、それから先、あたしの帰る場所があるかどうかなんて、誰にも……」

訥々とあたしがそう絞り出したとき、黙って耳を傾けていた千尋さんは「かわいそうに」と、ぽつりと零した。

その同情をあたしが拒むより早く、千尋さんはあたしの身体をそっと抱きしめていた。綺麗な黒髪から柔らかないい香りが届いて、これは一緒に買ったシャンプーの匂いなのかなと、そんな場違いなことを思った。

「――大丈夫よ」

「え？」

「大丈夫だから。安心なさい」

千尋さんは左の掌であたしのうなじの辺りをなぞった。千尋さんの体温が伝わってくる。時期が時期なので、温かいというよりも、少し蒸し暑いくらいだった。

気がつけば、あたしの震えは収まっていた。

「……なんで、あんたにそんなことがいえるの」

「さあ。どうしてかしら」

千尋さんがちょっとだけ身体を離し、あたしたちの間に互いに見詰め合えるくらいの空間ができる。千尋さんは頭を左に傾けると、ふっと表情を和《やわ》らげた。デパートで駄々っ子に付き合う母親のような、今にもやれやれとか、そんな言葉が出てきそうな顔だった。

「でも、仕方がないわね。私がいってあげるわ」

日焼けとは無縁の白くて細長い腕を、千尋さんはあたしの背中に絡《から》めてきた。

「大丈夫。安心して」

「…………」

「なくなったり、しないから。心配いらない。あなたの大切なものは、なくならないわ。いつだって帰ってきていいのよ？　たとえこの先、隆道さんが結婚したとしても——隆道さんがあなたのお兄さんで、この場所があなたの生まれ育った場所だってことは、絶対に変わらないんだから」

ぐりぐりと力強く、千尋さんはあたしの頭を撫でた。あたしはなんともいえないくらいに照れくさかったのだけど、振り払いたくなる程悪い気分でもなかった。

「ここはあなたの家なんだから。帰るときは、胸を張って堂々と帰ってくればいいのよ。もしも余計なやつがいたとしても……ね」

にっと口の端を吊り上げた千尋さんに対して、あたしは口を尖らせてみせた。そりゃいったい誰の話ですか？　という意図を込めたシグナルだった。

受け取った千尋さんはくすくすとおかしそうに笑うと、しなやかな指の先をつっとあたしの頬に添えた。

「女の子は、もっと図々《ずうずう》しくなってもいいのよ」

「嫌だ。あたしは、図々しいやつは嫌いだ」

「ブスで無能のくせに、あなたの百倍は図々しいやつなんて、その辺にごろごろしてるんだから」

「そんなの知らない。あたしには、関係ない」

最後に残った一握りの意地を込めて、あたしは近すぎるくらい近くにいる千尋さんを直視した。

あたしはあたしだ。

そして、千尋さんは千尋さんだ。

「頑固ね。やっぱり」

なんだか楽しそうに、千尋さんはそういった。あたしも、訳もなく、ちょっと楽しくなっていた。

「……ね。もう一回、いって」

そのお願いに、千尋さんは「なにを」とは聞き返さなかった。千尋さんは優しく頷くと、ただ「いいわよ。何度でも」と短く答えた。

「一回だけで、いい」

あたしは頑固だから、それで十分だ。

千尋さんがもう一度、そっとあたしを抱きしめる。ふわっといい香りが舞って、包み込むような優しい声が届いた。

「大丈夫よ。安心なさい」

あたしは目を瞑《つむ》った。

瞼の奥で、いろいろな思い出が駆け巡った。

「あなたの大切なものは、なくならないわ」

なんの保証もなく、ひどく無責任なその言葉は。

お父さんがいなくなってからというもの、あたしがずっと拒み続け、そして、

——ずっとずっと探していたものだった。

しばらくして、千尋さんはあたしから身体を離した。この暑いなかずいぶん密着していたからだろう、あたしは首筋の辺りに汗をかき始めていた。

ふっと千尋さんを窺うと、その頬に涙が一滴流れていた。千尋さんは自分でも初めて気がついたような顔で、ぴっと指でその雫を払った。そのとき、あたしはこの人が指輪をしていないことに脈絡なく気が付いた。

「あらら。ゆかりちゃんがあんまり泣くから、もらっちゃったみたい」

「あたし泣いてない」

「かわいい女の子は、泣いたほうがいいのよ」

「泣いてません」

千尋さんは肩をすくめてから、どこかしみじみとした口調でこういった。

「寂しくなったら、帰ればいいの」

そういう千尋さんのほうこそ、なぜか酷く寂しそうにみえた。

どうしたんだろうと、あたしが疑問を感じたときには千尋さんはとっくに涼しげな表情に戻っていて、何事もなかったように綺麗な黒髪をさっとかき上げた。

千尋さんは、あたしの目の前で人差し指を一本立ててみせた。

「最後に一つ、いいことを教えてあげる」

あたしが首を捻って促すと、千尋さんは妖《あや》しい瞳を輝かせた。

「私なら、きっと心配いらないわ」

「いい、いい、いいか
「……てゆーかさ」

じいっと、『千尋さん』を観察してみた。外見的には、特に代わり映えがあるわけでもないみたいだったけれど。

「さっきから、あんた誰？」

「なんの話ですか？」

この人の笑顔は泣きぼくろがチャーミングで、眩《まぶ》しいくらいだ。

「私は、小早川千尋です」

からかうようにそういって、千尋さんは立ち上がった。ずいぶん遅くなってしまったけれども、これから夕食の支度にかかるのだろうか。

部屋を去るとき、ドアの隙間から千尋さんはあたしに呼びかけた。

「ゆかりちゃん」

「なに？」

「……怖がらないで、前を向いて。きっと、あなたはもっと上手くなる」

あたしは忘れていた。千尋さんが、どうしてここまで、あたしの絵に興味を持ってくれたのかを尋ねることを。

だけど、あたしは聞き返すことができなかった。

「ありがとう。あなたの絵、とても素敵だったわ」

そういい残して、千尋さんはぱたんと扉を閉めた。

――その晩。

千尋さんは、お寺から姿を消した。

第八章――因果

みずから悪をなすならば、みずから汚れ、みずから悪をなさないならば、みずから浄《きよ》まる。浄いのも浄くないのも、各自のことがらである。人は他人を浄めることができない。

『ダンマパダ』一六五

1

朝に弱い僕は、異変に気が付くのが少し遅れてしまった。
今日の朝当番は僕だったので、どうにかこうにか五時前には目を覚ました。半分夢見心地のまま、ふらふらした足取りで玄関を開く——このとき、小さな違和感はあったのだが——そのまま朝の鐘を鳴らしに外に出て、鳴らし終えると、お供えするお膳を拵えるために台所に入った。

台所には、既に僕たちの分の朝食が準備されていた。本来ならば、これは当番であるの僕の仕事なわけだが、僕は特に不思議には思わなかった。実は僕の当番日では、このところ毎回千尋さんが作ってくれていたからだ。いや、さすがにこちらから頼んだわけではないが、千尋さんは僕が休んでくれといっても、早朝に起床しては朝食の準備なり庭掃除なりに手を貸してくれていた。

朝課《ちょうか》（朝のお勤め）を済ませると、僕は庭掃除に向かう。近頃は僕よりも先に千尋さんが箒を動かしていることも珍しくないのだが、今朝は千尋さんの姿は境内になかった。このときも多少妙だなと感じはしたけれど、暢気《のんき》な僕は、千尋さんが二度寝でもしたまま寝坊してしまったかと想像し、むしろ微笑ましいくらいの気分だった。

そうして黙々と、久方ぶりに一人だけで境内を掃き続け、ようやく終わりがみえてきたときだ。

玄関の引き戸が、かなり大きな音を立てて開かれた。

僕はてっきり寝坊した千尋さんが大慌てで現れたものと思い顔を上げたが、血相を変えて飛び出してきたのは、ゆかりだった。

「ちょ、ちょっとちょっと、兄ちゃんっ！」

「おう。ゆかり、どうした急に」

「どうしたって……なんでそんなに落ち着いてられるの。千尋さん――帰っちゃったんでしょ？」

「えぇー!?」

マスオさんばりに僕が驚いた声をあげると、ゆかりはこいつ気付いてなかったのかよという呆れ顔をした。

とにかく、ゆかりに促されてダイニングキッチンまで急ぎ足で戻る。すると、そこにはやはり既に朝食の準備が済ませてあった。二人分の、朝食の準備が。

やっとで、僕は自分がいかに抜けていたかに思い至る。そういえば、今朝は玄関に鍵が掛かっていなかった。いつもならば寝ぼけながら解錠するのに、今日はあっけなく玄関扉はするすると開いてしまった。昨晩もきちんと戸締まりがされていたならば、早朝僕よりも先に玄関を開けて外に出ていった人物がいるのは明白ではないか。

そのうえ、僕が見落としていったものはまだもう一つあった。とびきり決定的なものだ。ゆかりが早く開封しろと急かすように指差していた。

置き手紙である。

日比野隆道様、ゆかり様と、綺麗な字で宛名書きされた、何の変哲もない、切手も貼っていない封筒が食卓の僕の席の角に置かれていた。一応、言い訳するとそこは我が寺院の郵便物の溜まり場でもあり（寺に来る書面は多いのだ）、置き手紙はその他諸々の郵便物に紛れていた。

とっさに封筒を裏返したが、差出人の名前は記されていなかった。もっとも、状況からその名前は考えるまでもなかったが。

開封すると、中には二通の便せんが収まっていた。ゆかり宛のものを手渡してやってから、僕は夢中で目を通し始めた。


――日比野隆道様。ご挨拶もなくこちらのお寺を去る失礼を、まずはお詫び致します。誠に勝手ではございますが、直にお別れするのがどうしても辛かったため、こういった形を選ばざるを得なかったことをお許しください。

このお寺に突然転がり込んだ私を、暖かく受け入れてくださった隆道様とゆかりさんには、感謝してもしきれません。本当にありがとうございました。

できることならば、いつまでもこのお寺に留まっていたいと願いました。しかし、これ以上のご迷惑をおかけするわけにはいかないことも、私は知っておりました。

お二人のお優しい性格を考えれば、お別れをする時機は自分で決断する必要がありました。これ以上長くお二人のご厚意に甘えてしまえば、私は自らこのお寺を離れることがきっとできなくなってしまう。そう考え、断腸の思いではありましたが、本日でここを去ることに致しました。

大変ありがたいことに、先日頂戴致しましたお給金がありますので、当面の資金繰りも、帰るための交通費も、賄うことができます。ご心配には及びません――


僕の胸はざわついた。やたらと丁寧な文面の謝辞に、心配無用との文言もある。

だが、本当にこれで終わってしまって、それで僕はいいのだろうか。彼女に一時の安らぎの場と、働いてもらった分の対価を与えて、それで僕の僧侶としての役割は、全うされたといえるのか。

そんなはずはなかった。

僕がどうしても腑に落ちない訳の一つに、千尋さんがここに逃げ込む所以となったはずの、彼女の旦那さんについては手紙でなんの言及もなかったことがあげられるが、それは一番の理由ではない。

もっとずっと、僕の心を揺さぶってやまないもの。

それは、手紙の最後に、これまでと少し雰囲気の違う文体で認《したた》められた、彼女の言葉だった。

——このお寺で過ごした時間を、私は決して忘れません。
もし、よろしければ、
いつか、私のことを思い出してもらえたら、嬉しいです。

思い出す。

そうだ。僕は、千尋さんを——彼女のことを、昔から知っていたはずなのだ。彼女のことを、その涙と笑顔を、どこかで。

だけど、僕は忘れてしまった。

思い出せない。

巡りめぐる思考を切り裂くように、作務衣のポケットから電子音が鳴り響いた。携帯だ。摑み出すと、ディスプレイには「木崎清明」と表示されていた。

そうだった。

こいつから、聞きたいことがあったじゃないか。

2

「命日」と呼ばれ年に一度訪れる、故人の亡くなった月日は正式には祥月命日《しょうつきめいにち》という。そして、あまり耳慣れない言葉かもしれないが、月ごとに毎回訪れる故人の亡くなった日のみを指して、月命日と呼ぶ。

十四日は父の月命日であり、祥月命日は来月、七月十四日だった。今年は四年目なので年忌法要にはあたらないけれど、個人的なお勤めはもちろんする予定だ。

特別な風習の根強い地域でもない限り、祥月命日以外の月命日までわざわざ僧侶を呼んで供養をすることは今の時代は少ない。さすがに身体がいくつあっても足りないし、檀家さんのほうにしたって年十二回も坊さんを呼んだり寺に参ったりする暇はなかなか作れないだろう。

しかし、うちの寺ではある意味父の月命日に毎月僧侶を呼んで供養していた。というのも、僕の竹馬《ちくば》の友であり、弟弟子にもなった清明が毎月十四日には父の墓参りにやってくるからだ。清明は月命日だけでなく、葬式の手伝いなどでうちの寺にくる際も、師匠である父への墓参りを決して欠かさない。父の家族としても、弟子としても、僕は嬉しく感じていた。ちなみに、一応友人をフォローしておくと清明が暇人なわけではない。清明は、毎月十四日は夕方までには身体が空くように、わざわざスケジュールを調整していた。

今月は、清明は昼時にやってくることになった。

あの後――千尋さんの置き手紙を発見してから、登校前のゆかりをなだめるのには苦労した。ゆかりは千尋さんが突然帰ってしまったことに相当頭にきており、またこれは少し意外だったが、酷く動揺もしているみたいだった。後で知ったことだが、あいつに宛てられた方の手紙には、僕と同じようなお礼の言葉が記されてから、チーズケーキの作り方が丁寧に説明されていたそうだ。そして、文面の末尾には「ごめんなさい」と、一言だけ短く添えられていた。

千尋さんに貸した部屋は綺麗に掃除が済ませてあり、所持品は残っていなかった。折り畳まれた布団だけが、彼女がここで一時でも座臥していた唯一の証だった。

そういった点検を一通り終えて、今後のことを思案する間に午前が過ぎ、やがて清明がやってくる時間になった。頃合いを見計らい、僕は父の墓へ足を向ける。

父の墓前でうっすらと線香の白煙が昇り、清明の低い声で経文が唱えられていた。こういうところは、不真面目そうでありながら真面目なやつだ。僕は数歩引いた位置で立ち止まり、読経《どきょう》が終わるまで自分も手を合わせた。

「おう。不肖《ふしょう》の兄弟子」

読経を終えた清明が、こちらを振り返った。

「いつも思うけど、二人で拝めばいいじゃないか」

清明は肩をすくめた。こいつは妙なところで照れ屋なのだ。師匠のために兄弟子が揃って勤行《ごんぎょう》なんて分かりやすいシチュエーションを、年に十二回もやるのはいささか気恥ずかしいのだろう。

いつも通り作務衣姿の僕と対照的に、清明の格好は僧侶と程遠かった。ニット帽に、お洒落なシャツ的ななにかに、ズボン的ななにかを穿いて、首にアクセサリー的ななにかを付けていた。まるでモデルみたいだ。

「どうだ。ちょっとコーヒーでも飲んでかないか？　少し、話もあるんだ」

「ん。そうだな。そうさせてもらうわ。俺のほうも、実は話がなくもない」

僕たちは寺に上がり、台所でコーヒーを淹れた。清明はブラックで、僕は牛乳を足してカフェオレにした。

互いに一口すすったところで、こちらから切り出した。

「で、話って？」

「いや、お前から話してくれ。ただの勘だが、同じ話題じゃないかって気がしてる」

それで僕は、うちの寺にいた小早川千尋と名乗った女性について、自分自身が記憶を辿るように話して聞かせた。途中、清明は口を挟むことはなかったが、最初から最後まで、あまり楽しそうにはしていなかった。

「嘘をついていて、すまなかった。親戚でもなんでもないんだ」

「いや、構わんが……そうか。彼女はもう」

なにか含むように、清明はそういった。

「お前、やっぱり千尋さんと知り合いなのか？　この間顔を合わせたとき、どうも様子が変だったから気になってたんだけど」

「知り合いという表現は違うかもしれないが、おそらく、彼女は俺の記憶にある人だ。俺も引っ掛かっていてな。できれば今日、はっきりさせたかったんだが」

「それは、僕も知っている人か？　僕もなんとなく覚えがあるようなんだが……」

いよいよ彼女のことが分かると僕は思った。だが、清明は若干怪訝そうな面持ちを浮かべていた。

「いや、お前が彼女を知っているかどうかは――断言できないな。おぼろげにでも記憶があるっていうなら、なにか関わりがあったのかもしれないが。ただ、事実として一ついえることは、お前は彼女と同じクラスになったことはないってことだ」

僕は清明の言葉をいまいち呑み込めなかった。

「俺とお前が違うクラスになったのは、小学校の高学年だけだろう？　彼女は、そのときの俺のクラスメートだ」

すんなりとは頷けなかった。小学校の卒業アルバムは目を通したはずだ。もちろん、清明のクラスも。女性は大人になると化けるとはいっても、僕は面立ちよりもむしろ、泣きぼくろの有無に注目して調べていた。

僕が沈黙すると、清明は続けた。

「……彼女、小早川千尋さんって、いったな。実は、本名を正確には思い出せないんだ。渾名《あだな》——愛称ではなく、悪意のこもったものだが——そっちの印象がどうしても強くてな。……俺たちのクラスでは、彼女のことを『マヒロ』と呼んでいた。悪魔や、魔術の『魔』の字を使って」

清明が、この男には珍しく、苦しみに耐えるような表情になった。喉を小さく鳴らしてから、清明はまるで懺悔《ざんげ》するかの如くにいった。

「俺たちのクラスは、彼女をいじめていた」

その瞬間だった。

閃光《せんこう》が走るように、僕の頭で封が一つ解かれた。

3

あの日、小学生だった僕は……などというと細かいところまで記憶しているようだけど、実際は曖昧な部分のほうが多い。なぜか印象深く心に刻まれているのは、僕の小学校の廊下はぺたぺたと足音がよく響いて、深い緑色をしていたことだ。だから多分、その日も僕は上履きをぺたぺた鳴らしながら、隣の教室まで歩いていったのだろう。用件は忘れてしまった。もしかして、清明にマンガの貸し借りでもしに行ったのだろうか。

教室のドアは閉まっていた。これは間違いない。昼休みなのにどうして閉め切っているのだろうと疑問に感じたことを覚えている。なんとなく他を拒絶するような、異様な閉塞感《へいそく》があった。

どうしたものかと一人思案して、きょろきょろと首を回した。傘《かさ》かけに吊るされた傘が何本か目に入ったので、その日の天気は雨だったのかもしれない。廊下には、僕以外に誰の姿もなかった。

人気《ひとけ》のない場所というのは度胸を削ぐもので、戻ろうかなという思いが脳裏を掠めた。けれど、せっかくここまで来て引き返すのもマヌケな気がしたし、残る中途半端な休み時間をうまく使える手立てもなかった。

僕はドアの側に擦り寄った。ドア越しに人の気配がある。なにをしゃべっているかまでは聞き取れなかったけど、室内に女の子が何人かいるのが分かった。

ドアの引き手に指をかけて、なるべく音を立てないようにこっそり引いた。ドアがするすると無音でスライドする。当時必需品だった三十センチの竹ものさしくらいのところで、僕は手を止めた。

息を潜《ひそ》め、教室を見渡す。席に誰も座っていない。しかし、視線を泳がせたそのとき、僕は教室の片隅――ちょうど箒や雑巾《ぞうきん》、バケツなどの掃除用具を仕舞う木製ロッカーの辺りで、女の子たちが半円を描くようにまとまっている光景を目にした。

誰か一人を囲んでいるのだ。

円の中心では、目を隠してしまうほど長い前髪の女の子が佇んでいた。

こういうことは、説明がなくてもその場の空気から読み取れる。この教室でなにが行われているのか、僕は肌で理解した。正義感が刺激されるよりも、まずいものをみてしまったと思ったのが本音だ。

その場には女の子たちしかいない。男の子は一人もおらず、クラス担任もいなかった。今にして思えば、そのクラスでは暗黙のうちに、示し合わすようにして他の子は室外に出て遊ぶようになったのだろうか。

標的となっていた前髪の長い子の他にどんな子がいたのか、あまり思い出せない。背の高い子、低い子、髪の長い子短い子、五人以上はいたように思うが、皆同じような顔をしていた。きっと、楽しかったのだろう。その子たちはせせら笑いながら、前髪の長い子に向かって、「なおせよ」とか、「なおしてみろ」とか、そんな言葉を口々に投げ付けていた。

後に知ったことだが、女の子の母親は、とある宗教に熱を上げていたらしい。その宗教についての仔細は小学生だった僕たちでは知るよしもなかったけど、知識のある今ならば、それが新興宗教、より正確にいい表すならば新新宗教と呼ばれるものに属したであろうことは想像に難くない。そういったものを全て邪宗と切り捨てるのは浅はかな暴論だとしても、その母親が深みに嵌《はま》ったものは残念ながら「宗教」の皮を被った悪徳商法だった。

薬師如来を掲げていたのかまでは不明だが、その団体の売りは「病気平癒《へいゆ》」であり、母親は勧誘のために足しげく家々を訪ねて回ったそうだ。傍らには、泣きぼくろのある娘を連れていた。子どもと一緒に回るのは、勧誘の常套《じょうとう》手段だった。そして、家内に重病者がいることに母親があからさまに喜んだ素振りをみせたというその家には、娘のクラスメートの一人が住んでいた。

前髪の長い子が、ドアの外にいた僕の存在に気が付いた。

前髪が覆うようではあったけれど、僕と女の子の目は確かに合った。僕は、その子の左目の下に、ぽつっと黒いほくろがあることが分かった。

僕の身体は硬直した。

ここで女の子たちの輪の中に勇ましく飛び込むことができたら、人として上等だろう。だけど、僕はできなかった。よそのクラスの、それも女子中心の揉め事にのこのこ顔を突っ込んだらどうなるか、想像できない年齢ではない。

気がつけば、僕は前髪の長い女の子に背を向けて廊下を走りだしていた。嘘偽らずに過去を振り返れば、このとき僕は逃げ出していたのだ。目の前に現れた「なにか嫌なこと」からも、それを直視できない自分の弱さからも。

校則は概ね守っていた僕だが、このときばかりは廊下を全力疾走し、そして、とある装置の前で急停止した。

真っ赤な円に、白抜きの文字でこう記してある。火災報知機。作動ボタンにはカバーが被せてあり、ご丁寧に『強く押す』と指示されていた。

本当に強く押した。

瞬間、夢かと勘違いしそうなけたたましいサイレンが耳を劈《つんざ》いた。実際、悪い夢でもみているみたいで、僕は正しく無我夢中で校庭まで駆けた。火事の際の避難行動としてはあながち間違いでもないが、走るべきではなかったと反省している。火事なんて学校中のどこにもないことは、誰よりも僕が知っていたわけだが。

警報サイレンによって僕の小学校は蜂の巣を突いたような大騒ぎになったが、火災訓練のおかげか、泣き出したり転んで怪我をしたりといった話はなかったようだ。この点は、大人になった現在から思うと胸をなで下ろすばかりである。加えて幸いなことに――と、表現していいかはさておき、日頃の真面目な生活態度が功を奏し、僕が警報機を鳴らした張本人だと白日の下に晒されることはなかった。自分がしでかしてしまったことの大きさに、数日間は胃がきりきりしたものだったが、先生たちも、友達も、両親も、僕がやったことを知らなかったし、また僕も決して口を割らなかった。

たった一人を除いて。

――やっとで、僕は彼女を思い出した。

しかし、真に大切な記憶が、実はここではないことを僕は知っている。

そう。大切なのは、この後のことで――否。おそらく、本当に必要な記憶は、この日よりも、もっとずっと前のことで――

僕は思い出した。

前髪が長くて、泣きぼくろが特徴的な女の子。

彼女を忘れてしまったことを。

4

しばらく僕は口が利けなかった。

「とても綺麗になっていたが、彼女、左目の下にほくろがあるだろ？　間違いないと思う。今思えば、当時から整った顔立ちをしていた。昔は髪型がやぼったくて、そういう話は出なかったが、目敏い女子の何人かは気が付いていたようだ。やっかみもあったのかもしれない」

清明は無表情のままコーヒーを一口含んだ。こいつは今きっと、ブラックコーヒーよりもよほど苦いものを味わっている。

「……いや、当事者だった俺が、今みたいにいうのは間違ってるな」

弁解するような口ぶりは清明には一切なかったけど、察しはついていた。いじめの中心は女子のグループで、男子は遠巻きというか、せいぜいおもしろがってみていただけだろう。僕の記憶でも、男子は登場しない。傍観者を同罪と断罪するのは、人の弱さを認めようとしない人間だ。

思考と呼吸を整えてから、僕はようやく声を出した。喉がからからに渇いている。僕のカフェオレは、まだ八割方残っていた。

「卒業アルバムに、彼女らしき子が見当たらなかったのは……」

「彼女は、転校した」

「……そうか。そうだったな」

いわれてみれば、不思議でもなんでもないことだ。

清明は記憶を掘り起こすように宙を睨むと、重い口調でいった。

「……ただ、ちょっとおかしな転校の仕方だった。彼女、急に学校にこなくなったんだ」

清明が空になったコーヒーカップを皿に戻した。かちゃりと、小さな音がした。

「しばらくして、彼女が転校したことを担任が告げた。さすがにクラスメートの大半は笑えなくなった。子ども心に思ったよ。自分たちのせいだってな。後味の悪い終わり方だったが、だからこそ、クラスで彼女について触れるやつはいなくなった」

後味の悪い終わり方と、清明はいった。

僕は思う。それは繰り返されようとしているんじゃないか。僕たちの前から、彼女は再び突然消えた。

「ここで彼女の姿をみたとき、本音をいえば血の気が引いたよ。あのときは勘違いかとも思ったが……間違いなかった」

清明は断言した。こいつは、きっと彼女の顔をよく覚えていたのだ。それはおそらく、こいつがプレイボーイだからというだけではないだろう。ずっと昔から、気に病むところがあったに違いない。

「――だけど、なんでまた、今になって彼女はこの土地にやってきたんだろう……？　それもなぜ、僕の寺に」

「俺だって、ぜひ知りたいよ。今日は半分それを聞きにきたようなものさ」

僕たち二人はため息を吐いた。

お互いに情報を補い合っても、先の進展を摑むことは至難だ。彼女の過去の一部が判明しても、現在の動きを知る術《すべ》がなかった。

先に沈黙を破ったのは清明だった。

「タバコを吸ってもいいか？」

「ああ」

腰を上げて、来客用の品が入った棚から灰皿を取り出し、清明に渡した。清明はそれを受け取ってからタバコを咥えると、しなやかな手つきで銀色のライターをこすった。この弟弟子は、同じライターで線香にもタバコにも火を灯すのだと思うと、なんだかおかしな気分だった。

清明はうまそうに一度煙を吸い込んで、タバコを口から外した。

「大学一年のとき、俺は、この寺で泰隆さんの法話を聞いたんだ」

ふいに、清明が話題を変えた。すっかりそんな雰囲気ではなくなっていたが、今日は父の月命日だ。

僕たちが通った大学は宗教法人の建てた大学で、基礎科目に仏教の講義があった。清明は仏教学科ではなかったけど、それを切っ掛けに興味を抱き始め、いつからかうちの年中行事にまで顔を覗かせるようになった。

「ほら、よくやってたろ？　心臓の音を聞かせるやつ」

「あれか」

父の法話は出だしにいくつかの型があった。もっともよく用いていた語り口は——

聞こえますか？　心臓の音が。

その音は、いつか必ず——

「心臓が止まると、キリスト教などの一神教の教えでは、人は神のところにいく」

清明の話の続きを、僕が引き受けた。

「一神教では、神が世界を作り、人を作り——そして人は、神の教えを守り生きる。死んだ後に、神の許《もと》に召されるために。ところが、仏教には、この絶対神にあたるものが存在しない。もし、お釈迦様が説かれた教えの中で、強いてそういった『大きな力』にあたるものを探すならば」

僕のパスを、今度は清明が受け継いだ。

「縁起《えんぎ》の教え。いわゆる、縁の力だ。『仏の力』ではなく、『仏が発見した』、この世界を回し続ける力」

仏教の根本概念である縁起説は、「原因」と「結果」で語られる。この教えは仏教の起源でありながら奥義《おうぎ》でもあるため、学べば学ぶほど深みに嵌っていくけれど、そういうのは潜《もぐ》るのが得意な人に任せればいいと個人的には思う。僕は肺活量には自信がないのだ。

「あのときも、泰隆さんはいった。釈尊は、死んだ後どうなるのかという視点ではなく、なぜ人は死なねばならぬのかという視点から考えを起こされた。それこそが、苦しみの原点だからだ——と。俺は驚いたよ。あの頃は不勉強で、仏教といえば死後の世界を扱うものだとばかり思い込んでいたからな」

「まあ、葬式仏教とか揶揄《やゆ》されてるしな。僕は、葬式自体はとても大切な営みだと思うし、それを恥じる必要はないと考えてるけど」

「泰隆さんがたとえに使ったのは、あのときはなんだったかな？」

「それ、コーヒーじゃないか。好きだったし。別になんだって構わないんだけど」

僕は自分のカップを覗いた。牛乳とコーヒーが混ざった飲み物、つまりカフェオレが三分の一ほど残っている。まあまあおいしいカフェオレだ。

縁起の教えを平たく捉えるならば、世の全ての事物・現象は原因と結果の連続で刹那的に成り立ち、相互依存関係で繋がっている……ということになるのだけど、これでは全然平たくなっていない（しかし、これでも大分平たくしているのだ。恐ろしいことに）。

そこで、父はよくたとえ話を用いた。

ここに一杯のカフェオレがある。しかし、このカフェオレは初めから「カフェオレ」として形作られていたわけじゃない。「牛乳」と「コーヒー」を混ぜた結果、カフェオレになった。しかも、コーヒーも初めからコーヒーだったわけじゃない。コーヒー豆を挽《ひ》いてドリップしないとコーヒーにならないし、コーヒー豆だってブラジルかどこかの国で誰かが作って、日本に輸入され商品化されなければ僕は購入できない。コーヒー豆はコーヒーノキという植物から作られるけど、植物は種が育たなければ実を結ばない。植物が実を結ぶためには気候や土や水の条件が揃わないといけない……と、原因―結果の関係は切れることなく続く。もちろん、牛乳だってそうだ（牛さんが以下略）。原因―結果は単独では決して成り立たない。コーヒーだけでカフェオレを作ることができないように、無数の要素が混じり合うことで結果が紡《つむ》ぎ出されてゆく。コーヒーと牛乳にまつわるあらゆる関係が結集して、今この瞬間この場で、ようやくこの飲み物は「カフェオレ」という名を持ち、僕の舌の上でまあまあおいしいという半端な評価を下されているのである。

この数珠《じゅず》繋ぎは永遠に終わることがない。なぜなら、全ての結果は同時に原因でもあるからだ。カフェオレは飲み干してしまった。このカフェオレはまあまあおいしかった。おかげで、僕の午後の仕事ははかどるかもしれない。あるいは、牛乳が古くなっていればお腹を壊すかもしれない。物理的に考えても、カフェオレはけっこうカロリーがあるから、僕の運動エネルギーになるはずだ。お腹の脂肪がちょっと増えるかもしれない。増えすぎたらダイエットしよう……。

もしも明日から僕がダイエットをはじめたら、それはカフェオレのせいだろうか？　それとも、清明が墓参りにやってきたからだろうか？　あるいは、父が亡くなったせいだろうか。

全ての事象は、まるでアメーバの増殖のように繋がりを連鎖させていく。裏を返せば、関係から切り離され、独立して存在するものはない。父と母がいなければ、子どもは絶対に生まれないように。

繋がり続けるからこそ、途切れることはない。この世の全てを原因—結果の変化で回し続けるのが縁起の力だ。これによって、あらゆるものは変化を止めない。変化する以上、その形をいつまでも保てなくなるのは必然だ。事物と現象の一切、これを仏教用語で「色《しき》」や「諸行《しょぎょう》」と呼ぶのだけど、これらはみな永遠のものではなく、一時的な仮の姿の現れに過ぎない。実体を持たないがゆえに「空《くう》」であり、不変でないがゆえに「無常」である。よくいう、「色即是空」とか、「諸行無常」というのは、熟語の前後をイコールで結んだ理《ことわり》だ。

この教えは本来、至極当然の話でしかない。だけど、これが比較的長くその形や名を保つもの——たとえば家具家電や、建物や、町や、国、星などになってくると、当たり前とは思えなくなってしまう。僕がもう少し年配だったら、ソビエト連邦を引き合いに出して語れたかもしれない。そして、中でももっとも盲点へと逃げ込んでしまう存在が、自分自身だ。

僕も縁起の力からは逃れられない。僕は絶対神ではないから、繋がりを絶ち、独立不変の存在にはなれない。いつかは老いて、死ぬ存在だ。それがどんなに悲しいことだろうと、理は曲げられない。

お釈迦様が発見したメカニズムは、苦しみを生むメカニズムだった。なればこそ、お釈迦様は初めにこういい切ったのだ。この世の全ては、苦しみの輪でできていると。

「どえらいことをいう人だなって思ったぜ」

「坊さんが、優しい顔して死にます死にますみんないつか必ず死にますって連呼するんだもんな。しかも、お年寄りの目の前で。容赦ないというか、尖っているというか。正直、あそこまで突っ走ることは僕にはできそうもない」

「お前が泰隆さんになる必要はないさ」

　ときおり清明の口からこぼれるこういった言葉に、これまで僕は何度救われたことだろう。身内に対していうのもなんだが、父の存在はあまりにも大きすぎた。その大黒柱を、この寺は卒然と失ってしまった。後釜として住職になり、潰れそうになる僕を自然と支えてくれたのはこの友人だった。

　父を亡くしてから、多くの変化があった。決して埋まらない穴を囲むようにして、僕たちは集った。それで穴が満たされたわけではない。だけど、とにかく、僕たちは手を繋いで、父を中心に円を描きたかった。それはきっと、父が厳しく、大きく、そしてなにより——優しかったからだ。

　父の法話は先のものだけでは終わらない。

　なぜなら、「死」という現象も、独立しては存在できないからだ。

　僕たちは、生きているから、いつか死ぬ。

　父が死ぬまで説き続けたのは、生きるための仏教だった。

「——なあ、清明」

「ん？」

「ここだけの話……僕は、霊魂なんてものは、あんまり信じてないんだ」

　本来は、僧侶である僕は霊魂を信じるべきかもしれない。僕は葬式で死者を弔《とむら》う立場だ。

けれども僕は、葬式や法事といった死者供養の営みも、どちらかといえば残された者のためにやる意義があるのじゃないかと、そう解釈していた。それが正しいかどうかは、ともかくとして。

「ああ」

清明は短く答えた。

「けど、な」

僕は、蟬がうるさく鳴いていたあの日のことを思い返した。また、あの蒸し暑い時節がやってくる。

「父さんが病院で世話になってたとき、父さんは——もう、しゃべれる状態じゃなかったけど、それでも——僕は父さんと話をしたんだ。あれは、間違いなく父さんの声だった」

いろんな話をした。父として、師匠として、いつまでも続けていたかった。

「矛盾してると思うか?」

「……いや」

首を横に振ると、清明は懐かしむように目を細めた。

「俺も話をしたよ。俺は、お前ほど多くの話を聞けはしなかっただろうけど」

僕たちは種をまき続けている。因という種をまき、果という花を咲かす。咲いた花は、また種を落とす。数多の花の蔓《つる》が絡み合い、茫洋《ぼうよう》とした園を作り出す。

これまで、僕はどんな種をまいてきたのか。

僕は正面の弟弟子をみた。

師が僕たち弟子に残した種は、どんな花を咲かすのか。

「……恥ずかしい生き方は、したくないな」

僕が呟くと、清明も頷いた。

今でも、ときどき、父の声が聞こえる。

この先の人生で、恥をかいたり、迷ったり、道を誤ったりすることは多々あるはずだ。未熟だから、それは仕方がない。これまでもそうだった。

だけど、自分で自分を汚すような、そんな生き方はしたくなかった。

僕は父さんに育てられたのだから。

僕は師から、大切な心を伝えてもらったのだから。

第九章――空

物事が興《おこ》りまた消え失せることわりを見ないで百年生きるよりも、事物が興りまた消え失せることわりを見て一日生きることのほうがすぐれている。

『ダンマパダ』一一三

1

この日、あたしの頭は冴えることがなかった。
通学路を歩いている間は頭に血が上っていて、怒りの矛先をどこに突き立てればいいのか分からないくらいだった。だって、考えられない。あれだけ兄ちゃんに世話になっておいて、書き置き一つで夜逃げするなんて、恩知らずにも程がある。

絶えず溢れ出てくる不平不満が、あたしの足を黙々と動かしているみたいだった。

だけど、教室について、HRが始まったとき――突然、力が抜けた。

なんていえばいいのか、いつも通りに、普通に一日が始まってしまって。あたしの家からあの人がいなくなっても、なにも気にせず学校は当然あるってことが、なぜだかやけに空しかった。別に学校が悪いわけでもなんでもないし、というかあたしの気持ち一つで学校まで振り回されたらえらいことなんだけど、ともかく、全身から気力を削がれてしまったのだ。

それから学校にいる間もかなり腑抜けてしまっていたみたいで、麻里乃が珍しく真面目な調子で心配してくれた。

そんな体たらくのままで放課後まで過し、登校時とは対照的に重い足取りで、あたしは家路を辿った。

からからと鳴る玄関扉を引く音が、無性《むしょう》に侘《わび》しく響いた。

「ただいま」

三和土《たたき》の端から端へ目線を泳がしても、あの人の靴は目に入らなかった。

「おかえり」

寺務室から、兄ちゃんが忙《せわ》しそうにやってきた。あたしは「ん」とだけ返事をして、のろのろと自室に上がった。

千尋さんのことは聞かなかった。どうだっていい。あの人は、どうせもういなくなってしまったんだ。

夜までの間どう過ごしたのかも、霞がかかったみたいにぼんやりとしていた。晩御飯は、あたしが部屋に籠っていると、兄ちゃんがいつの間にかうどんを作ってくれた。普段なら素うどんなのに、今日は刻みネギにホウレンソウ、それから生卵まで入っていて、兄ちゃんにしてはおいしいうどんだった。

「今日は早く寝たらどうだ？」

洗い物をしていたら、兄ちゃんがぽつりといった。あたしはその言葉に従い、片づけが終わるとお風呂を済ませて、十一時前には布団にもぐった。

でも、頭はぼうっとして、疲れも溜まっているはずなのに、寝付くことができなかった。

考えたくなくても、いろいろなことを考えてしまって、まどろむことができない。

——どうしてだろう。

どうして、勝手にいなくなるの……？

あたしはまだ、これからしたいことがたくさんあったのに、どうして、なにもいわずに消えてしまうの。

ときどき、スポーツ選手が愛する人を失った悲しみを乗り越えて優勝したとか、そういった類の話がニュースになることがある。あたしはその手のものをみるたびに、いいようのない気分を味わうのだ。前向きさの欠片もない、ひどく暗くて冷たい奈落《ならく》に、引きずり込まれてしまう。

あたしは嫌なのだ。いなくなられたら、痛いから。悲しくて、痛くて、たまらないから。失うことを乗り越えるとか受け入れるとか、思い出が暖めてくれるとか、そんなふうには考えられない。痛いのは嫌だ。悲しいのは嫌だ。みんなが側にいて欲しい。できるならずっと、あたし自身がいなくなるまで。我がままでもいい。立派になんてなりたくない。痛くて悲しいくらいなら、我がままでいるほうがいい。

そんなにあたしは強くない。あたしは弱い。だから、いなくならないで欲しいのに、なのに、どうして——いなくなるの？

ひどいよ。

約束したのに。

チーズケーキの作り方、教えてくれるって、約束したはずなのに。いなくなるなんて、ひどい。

千尋さんは、嘘つきだ。

あたしはホントの気持ちを伝えたのに、あの人は嘘をついていたんだ。許せない。

なによりも許せないのは、いなくなるくせに、その前にあたしに優しくしたことだった。

あの人なんて、いなくなって欲しかった。だけど、あのとき、あたしはとても嬉しかったのだ。だからあたしは――

やっぱり、あんまりだ。

どうせいなくなるくらいなら、失うくらいなら、優しくなんてしないで欲しかった。どうでもいい人のままで、あたしの前から消えて欲しかったのに。

ぽろぽろと頬を伝うものがあった。あんな嘘つきのために泣くなんて、なんだか腹立たしい。けど、もうやたらと疲れてしまって、気にすることさえ億劫になっていた。どうせあたし一人だ。一人のときくらい、泣いたって構うもんか。身体から、水分と塩分がちょっと減るだけだ。

自分でも、悔しいのか悲しいのかよく分からない。ただただ、溢れて行く。それだけで、もう戻ってはこない気がした。

頭が痺《しび》れて、ようやくまどろみかけた意識の中で、これまでの出来事がゆらゆらと巡って行った。洋服屋に、ケーキ屋、池で鯉を見てから……嫌々だけど、あたしの部屋に。特徴的な泣きぼくろに、黒くて綺麗な髪の艶。ふわっとしたいい香りだった。

意外に身体が温かくて、それから、それから……。

涙が滲んで、思い出も一緒にぼやけていく。こうして忘れていくんだ。それで、いい。そのほうがいいに決まってる。あんな人なんて、早く、忘れてしまおう……。

2

喉の渇きで目を覚ましたのは、午前二時を過ぎた頃だった。

うすぼんやりとした意識で台所まで足を向け、麦茶のボトルキャップを緩めたとき、あたしは日めくりカレンダーが昨日のままだと気が付いた。

そうか。昨日はお父さんの月命日だったんだ。やっぱり、キヨアキさんがお墓参りに来てくれたんだろうか……。あたしはお線香をまだあげていないことを思い出して、お父さんに申し訳なくなった。

遅くなってしまったけど、今からでもお焼香しよう。

自室に引き上げずに仏間へ向かうことにする。真夜中の板廊下は足音がひたひたとよく鳴った。電灯を点けることさえ面倒で、夜目と長年の勘で歩いていた。

ぴたりとあたしは足を止めた。仏間に行く途中――お父さんの部屋から灯りが漏れていたのだ。時間が時間なので一瞬どきりとしたけど、間の抜けた調子の鼻歌が微かに聞こえてきて安心した。兄ちゃんはなにかに没頭したときに、鼻歌を口吟む癖がある。

だけど、なんで今、この部屋から——

「なにやってんの？」

「うおっ」

ドアを開けると、兄ちゃんが飛びのいた。

「びっくりした。え、まだ起きてたのか？」

「んーん。喉が渇いて、それで」

兄ちゃんは「ああ」と合点がいったようだった。

「……で、なにやってんの？」

あたしが繰り返すと、兄ちゃんはちらっと迷ってから、「考え事」と短く答えた。

「考え事って……千尋さんのことで？」

本当は、追求するまでもなくあたしには確信があった。兄ちゃんは小さく首肯してから、こういった。

「なんとなく、今日、ここで考えたら、みつかるような気がしたんだ。……おっと、もう、父さんの命日は過ぎちゃったか」

「兄ちゃんは、千尋さんをみつけたいの？」

「そうだけど、それだけじゃない。どうにも説明しにくいけど、僕はあの人について……なにかこう、そうだな……忘れものをしている感じがして、できることなら取り戻したいんだ。なんの根拠もないけど、忘れものがみつかれば、彼女にもまた会えるんじゃないかって、そんな気がしてる」

その説明はたしかに漠然としていて、掴みどころがなかったけれど、あたしには不思議と兄ちゃんの心が伝わった。それこそ、言葉で説明はできないのに、分かってしまったのだ。

だからあたしは、聞かずにはいられなかった。

「忘れものが——そんなに大事なものなの？」

あたしは兄ちゃんを直視した。

兄ちゃんはほんの一瞬だけ真剣さを覗かせてから、すぐにいつもの軽い調子に戻って、たまに法話をするときみたいに柔らかな声を出した。

「大事だと、思うよ。なんとなくだけど」

「……どうして？」

自分で尋ねておきながら、あたしはまるで答えを耳に入れまいとするように、まくし立てた。

「だって、あの人は、あれだけ世話になっておいて勝手にいなくなっちゃったんだよ？　兄ちゃんやあたしがどう感じるかも考えないで、自分勝手にいなくなったんだ。約束だって破った。あたしは許せない。あんな人のために、兄ちゃんが遅くまで起きてることないよ」

そこまで一気に吐き出した。

気が付けば、あたしは肩で息をしていた。まずい、過呼吸気味かもしれない。

それでも、あたしの怨み節は止まらなかった。

「あの人は……ひどいよ。恩知らずで、それに嘘つきだ」

口では罵《のの》っているのに、なぜだろう。思い浮かべると、千尋さんはいつも綺麗だった。楽しそうだったり、それに少し寂しそうだったりするけれども、綺麗なのだ。

顔を背けたくなるような、醜い顔をしてくれれば、あたしはずっとずっと楽になるのに。

「もういいじゃない。あんなやつ、放っておけばいいんだ！」

記憶を振り払いたくて、あたしは声を荒らげた。

対照的に、兄ちゃんは相変わらず静かだった。

「もう、終わろうよ。ちょっと、変なことがあったってだけでしょ。それで、もう忘れちゃって、今日から、また前みたいに二人で頑張ろう？」

涙を寸前で押しとどめながら、あたしは自分自身にいい聞かせたくて、がむしゃらに言葉を並べた。ようやくいい終えたあたしが少しむせたので、兄ちゃんはそっと側に寄って、背中をさすってくれた。

あたしの呼吸が整うのを待ってから、兄ちゃんはあたしの名前を呼んだ。

「ゆかり」

「……なに？」

あたしが顔を上向けると、兄ちゃんは朗らかに微笑んで、それでいて妙に悲しげな色を浮かべた。なにかによく似た表情だった。でも、思い出せない。

「この部屋は……入ると、悲しくなるだけかな？」

穏やかな目をした兄ちゃんは、自分でもよく分からないくらいにぐちゃぐちゃになったあたしの心の中を、その奥に眠った静かなところまで見通しているようだった。

――兄ちゃんは、あたしのことはいつだってお見通しなんだ。

けど、あたしだって知っていた。

兄ちゃんはいつもこんなだけど、でも、お父さんが亡くなってからしばらくの間、こっそり食べた物を戻していることがよくあった。誰にもばれてない気でいるみたいだけど、あたしだけは、ちゃんとそのことを知っているんだ。

今でこそあたしはケーキを楽しむこともできるけど、一時期、食が極端に細くなり成長も止まった。お父さんのことがあってから、拒食症に近い状態に陥ったのだ。あれから、あたしの背は一センチも伸びていない。一方で、兄ちゃんは普段通りぱくぱく食べていて、あたしはなぜこの人は食べ物が喉を通るのかと不思議だった。もしかして兄ちゃんは平気なのかと一人穿《うが》って、余計に食欲が失せるほど、当時のあたしの心は病んでいた。

ある日の深夜、あたしは、兄ちゃんがあたしの部屋から一番遠いお手洗いで戻している場面を密かに目撃した。今晩のように喉が渇いて、たまたま一階に降りたときのことだったと思う。心が麻痺していたあたしは、吐くくらいなら食べなきゃいいのにと、そんな他人事のようなことを考えたけど、その翌日から食べる量を少しずつ増やすことにした。なんとなく、あたしが食べないと、兄ちゃんはきっとまた一人で吐いてしまうような気がしたから。

それから、あたしの身体にも心にもちょっとずつ栄養が届くようになり、いつの頃からか、兄ちゃんがどんな気持ちで食べ物を飲み込んでいたのかあたしにも分かるようになった。兄ちゃんは、あたしと同じ気持ちだったんだ――

我に返って現実に戻ったとき、兄ちゃんがぽんぽんと、あたしの背中を軽く叩いた。

「仏教の考えでは、それだけで成り立つものってのは、何一つ存在しないんだよ。ものでも、気持ちでも」

「……？」

兄ちゃんはお父さんの部屋をぐるっと見回した。赤、青、黄色、紫……ガラスの多彩な光が混ざり合い、あたしはやっぱり花火みたいだと思った。消えない花火。あたしが欲しいもの――欲しかったものは、子どもの頃から変わっていない。

「お前がとても悲しいってことは、その気持ちを生んだ種がたくさんあるからなんだ」

それであたしは、お父さんのことを、いっぱい思い出した。思い出の数は、室内にある美術品を全部足しても全然足りないくらいだった。あたしとお父さんは、たった十三年しか一緒にいられなかったけれど、それでも数えきれなかった。

思い出すと、悲しくて、痛いのだけど――でも、温かかった。

手放せるはずがない。

堪えきれなくなって、涙を一滴だけ落とした。そういえば、あたしは、お父さんに手を合わせに来たんだった。

右目をちょっと擦ってから、ようやくあたしは兄ちゃんの顔をみた。兄ちゃんは、相変わらずへらっとしていた。

兄ちゃんは、「よし」と頷くと、なんだか楽しそうにいった。

「それじゃあ、ついでにもう一つ、ありがたい仏教について教えよう」

「結構です」

「キリスト教などの一神教では、神様が始まりを作り、そして終わりも神様が用意している。いわゆる、最後の審判だ。こういうのを終末思想っていって……まあ、始まりから終わりを目指して走っていく、直線の考えだ」

「だから、いいってのに」

あたしが嫌がれば嫌がるほど、兄ちゃんは悪戯心をくすぐられるようだ。

「ところが、仏教では、これで終わりっていうゴールはないんだ」

あたしはわざとらしくため息を吐いた。仕方がない。付き合ってやろう。

「じゃあ、どうなってるの？」

促すと、兄ちゃんは得意げにこういった。

「始まりと終わりを結んで、円を描くんだ」

兄ちゃんは無駄にきりっとしたキメ顔をして、人差し指を空中でぐるっと回した。

あたしはとうとう我慢できなくなって、吹き出した。くそう。ここは笑ったら負けの場面だった。

「ホント、意味不明なことばっかりいって。お父さんみたい」

あたしがそういうと、兄ちゃんは苦笑いを浮かべた。

「実際は僕だってよく分からないことばっかだよ。しっかり理解できてれば、今頃、もっとえらくてすごい人になってるはずだ」

あたしは思った。

えらくなくても、すごくなくてもいい。側にいてくれるだけで十分だ。

「さてと。そんじゃあ、どうなるかなんて分からんが、愚僧は自分にできることを考える」

あたしにも、なにかできることがあるだろうか。そう思ったとき、兄ちゃんがふっと呟いた。

「それにしても、せめて一枚くらいは写真を撮っておけばよかった」

「千尋さんを？」

確認すると、兄ちゃんは首を縦に振った。

「そう。もし外で動き回って本人を探すってことになったら……まあ、今の段階じゃそれは厳しいけど、とにかく、彼女の顔が分かるものがあるのとないのじゃ、いろいろ違ってくるだろ」

「顔が分かればいいの？」

あたしが再確認すると、兄ちゃんは小さな目をぱちくりさせて、「そうだけど？」といった。なにを不思議がるのだろう。簡単じゃないか。構図に頭を捻ったり、配色に悩んだりする必要もない。

「そこの机のメモ用紙でいいや。あと、筆立てから鉛筆とって」

兄ちゃんは余計に驚いたようだった。

「おいおい。まさかとは思うけど」

「早く」

紙と鉛筆を手渡され、ひとまずそれを机に置いて、あたしは目を瞑った。

眠気はとっくに吹き飛んでいた。

「そんなことできるの？」

「うるさいな。集中できないでしょ」

雑音を黙らせてから、あたしは瞼の裏で、標的を精細に浮き上がらせた。

ああ。やっぱり、この人は綺麗な顔立ちをしている。いつかは描いてみたいと、あたしは無意識にずっと願っていたんだ。

こんな形でとは、夢にも思わなかったけど。

目を開いて、一気に鉛筆を走らせた。美人の似顔絵は描いていて気持ちがいい。すいすいと絵が出来上がっていく。一応、写実的な雰囲気が出るように線は多めに重ねておいた。

泣きぼくろを描き込んで、画竜点睛《がりょうてんせい》だ。

「できた」

似顔絵の入ったメモ用紙を兄ちゃんに戻した。実物をみながらではないので細かいところはてきとうだけど、顔の判別には使えるはずだ。

受け取ると、兄ちゃんはメモ用紙を小刻みに震わせながら、口をあんぐり開けていた。やがてその口の先がすぼみ、兄ちゃんは何度か「う」の音を繰り返した。

「う、う、う、う——うっま！」

「ありがと」

絵を褒めてもらえるのは、それなりに嬉しかった。まあ、これは絵っていうよりただのデッサンだし、こういうのは美術的な善しあしとは別に、単に正確さの問題でしかないけど。

「やーびっくりしたー。へー。いや、うっま！　なんなのお前。みながら描いたわけじゃないのに……。これだけでも飯が食えるぞ」

「おおげさだなぁ。美人を似せて描くのは簡単なの。美術部なら誰だってできるよ」

「いや、僕も元美術部員だぞ」

「兄ちゃんの専門は立体造形じゃん」

あたしが幼稚園に通っていた頃、兄ちゃんはよくあたしの粘土遊びに付き合ってくれた。変なところで凝り性の兄ちゃんは、すぐにくたくたになるうえに手も臭くなる油粘土で、あえて千手観音《せんじゅかんのん》に挑戦したりもしていた。昔は意外と根性があったみたいだ。

兄ちゃんは似顔絵をみながら、飽きることなく唸っていた。

「いや、しかしすごいな。本当に写真みたいだ。いっそ飾っちまうか――」

そのとき、兄ちゃんがふいにピタっと固まった。言葉も身体も目線も止まって、まるで兄ちゃんの周りだけ、束の間時間が停止したみたいだった。

「……おいおい、どういうわけだこりゃ」

「え、ねえ。ちょっと、急にどうしちゃったの？」

あたしの問いかけなど全然耳に入らなかったようで、そのままゆっくりと兄ちゃんは歩を進めた。なぜだか知らないけれど、少し楽しそうだった。どうしたんだろう。

兄ちゃんは、なにかをみつけたんだろうか。

兄ちゃんが進んでいく先、あの棚の辺りにまとめられているものは――

「思い出した。それに、繋がった。彼女のみつけたものも、なくしたものも、残していったものも。それに、僕が忘れていたことも。なにもかも。全てこの部屋にあった。ここから始まっていたんだ」

首を捻るあたしには構わず、兄ちゃんは再び歩き出した。その足は室内に散らばるたくさんの美術品の中、とある一つをめがけて一直線に伸びていた。

「そして、彼女とこの寺を結んだ縁ってもんが――」

背丈五十センチ程の仏像の前で、兄ちゃんは立ち止まった。

「きっと、こいつだ」

その仏像の表情は、朗らかに微笑んでいながら、どこか、哀愁を感じさせた。

あたしは仏像が嫌いだ。

でも、うちの仏像にたった一体だけ、あたしが今でも愛しているものがある。

その名前は『エンクウサン』。

深い深い不思議な青色をした、玻璃の宝珠を抱きかかえた仏像だった。

3

昔、うちには一枚のステンドグラスがあった。青系統の色のみで作られた美しい一品だった。

その青色のステンドグラスは、あたしが生まれる前、美術館に勤めるお父さんの友達からかなりの値が付けられたそうだ。

透き通るほど爽やかで、吸い込まれるほど深い青色の、海にも空にもみえる揺らめきを表現したそのステンドグラスは、それはそれは素敵な一品だった。

所謂《いわゆる》掘り出し物という評価で、できれば美術館で管理させてもらえないかと乞われたくらいだったそうだ。お父さんは、お寺一番の宝物ということで、青色のステンドグラスを大切に扱っていた。

その家宝に、お父さん以上にはまってしまったやつがいた。

他ならぬ、このあたしである。

まだ小学校の一年生だったあたしは、とにかくあのステンドグラスの青色が好きだった。みればみるほど新しい発見があるようで、一日中みていても飽きないほどだった。事実、よくそうしていた。あの当時、あたしは一人でお父さんの部屋に忍び込み、兄ちゃんが晩御飯に呼びに来るまで眺めているということがままあった。我ながら変なガキだと思うけど、あの青色と出会わなければ、あたしの描く絵はまた別のものになっていたはずだ。

あたしは今でも背が低いが、その頃は当然さらに低い。すると、どうなるか。ステンドグラスを鑑賞するときは、必然的に見上げる格好になる。見上げる格好になると、首が非常に疲れる。幼児体型だと頭は重い。また、幼少時から芸術家魂に溢れていたあたしは、この素敵な芸術品を上から覗き込むようにするとどんな色がみえるのか興味津々《しんしん》だった（サイドからはとっくに試していた。つまり、正確に表現するならば、あたしはいつもガラスを見上げながら、その下を常にうろちょろしていたわけだ）。

短い手でも、伸ばせばガラスのへりにはなんとか届いた。届いてしまった。そうしてある日、あたしはついに堪えきれず、青色のステンドグラスを壁掛けから外して、もっと近くでみてみようと試みたのだ。

結果、砕け散った。

どんなに価値が付いていようが、どんなに素敵な色をしていようが、ガラスはガラスだ。衝撃にあえば簡単に割れる。

あたしの好きな青色は、粉々になって四散した。ガシャンとかパリンとか、多分そういった類の音が大きく響いたろうけど、あたしの記憶に強く残っているのは、手の中でガラスがつるっと滑り落ちたときの感覚だけだ。

あたしのパニックといったらなかった。恐怖と悲しみで、それはもう胸がずたずたになったというやつだ。いくら小さい頃でもお金の意味くらいは理解していたし、お父さんから青色のステンドグラスの金銭的価値だって教えてもらっていた（そのことが、あたしの興味をより深めたともいえる）。取り返しのつかないことになった、そんな言葉はまだ使いこなせなかっただろうけど、身体と心でひしひしと痛感していた。

でも、そこはまだ子どもだ。なんとかできるはずがなくても、なんとかしなきゃともがいた。あたしはバラバラになったガラスの欠片に手を伸ばして、かちゃかちゃ鳴らしながら、訳の分からない無駄なあがきをしていたように思う。

そんなとき、音を耳にしてだろう、お父さんが駆けつけてきた。

自室のドアを開いたお父さんは、瞬時に状況を悟ったはずだ。すごい形相《ぎょうそう》で、血相を変えてあたしに駆け寄ったお父さんが真っ先にしたことは、あたしの掌からガラスの欠片を放させることだった。

半狂乱になっていたあたしは鋭いガラスを握りこんでいたようで、掌を少し切っていた。青いガラスに、赤色の血が伝って流れる。大した怪我でもなかったけど、当時のあたしの年齢と、錯乱した状態を考えれば、お父さんは血の気が引いたに違いない。

お父さんは喚くあたしをなだめながら、すぐに傷の手当てをしてくれた（幸い、病院に行くほどではなかった）。あたしを目の届くところに座らせて後片付けにかかり、それを終えてから、まあ——ものすごく怒った。そりゃそうだ。でも、そのとき叱《しか》られた理由は、頭に落ちていたら大変なことになっていたとか、ガラスはよく切れるから危ないとか、そういったことだった。

いうまでもなく、あたしは大泣きした。比喩《ひゆ》表現でなく、声と涙が涸《か》れてもまだ泣きまくった。「うわーん」ではなく、リアルに描写するなら「うえっ。ひょっく。ぜひゅ、ああ、おあ」とか、そんな風にして泣きじゃくった。叱られたからというのはもちろんあったけれど、多分、仮に怒られなかったとしてもあたしは泣いたと思う。

それくらいあたしは、大好きだったあのステンドグラスが壊れてしまったことが悲しかった。加えて、お父さんの大切な、貴重な芸術品を自分のせいで失ったのだという罪悪感に襲われた。

最初はかなり本格的に怒っていたお父さんだったけれど（お父さんも聖人君子とは違う。口にこそ出さなかったけど、よりにもよってこのステンドグラスをという気持ちは当然あったはずだ）、あまりにもあたしが泣くので、いい加減、心配しだした。なんせあたしは、泣き疲れては塞ぎ込み、ご飯をもそもそ半分くらい食べて体力を回復させてはまたしゃくり上げてということを三日三晩繰り返したのだ。……なんては た迷惑なガキ。タイムマシンが完成したあかつきには、当時のあたしを頬がパンパンに膨れるまで叩いたうえで、お父さんに全力で土下座したい。

兄ちゃんはその頃高校生だった。学校から帰ってきた兄ちゃんはお父さんから事情を教えられて、きっと、へらへらしたのだろう。何事もとりあえずへらへらしてから入るという兄ちゃんの基本スタンスは、あたしが物心つく前から確立していた。それはさて置き、兄ちゃんは現在のあたしと同じで美術部員でもあった。しかも、当時は兄ちゃんなりに真剣に取り組んでいて、特に立体造形の分野——たとえば彫刻なんかは、幼いあたしからしたらヒーローにもみえるくらいの腕前を誇っていた。

兄ちゃんとお父さんはあたしを励ますべく相談を重ね、兄ちゃんは当時もっとも得意だった木彫用の彫刻刀を握りしめ、お父さんのほうは既に「もえないゴミ」と化して袋にまとめられていたガラスの破片を取り出した。

ガラスの加工は、お父さんがその時分通っていたグラスアート教室の先生か生徒から協力を得たのだろう。とにかく、ガラスの破片は再び結集し、溶けて混ざり、いびつな円みを帯びた卵形に生まれ変わった。形は変わっても、あのステンドグラスが持っていた、不思議な魅力を秘めた青色はそのままだった。

兄ちゃんはそのガラスを宝珠として埋め込む形で、一体の仏像を造形した。モチーフとなったものは、兄ちゃんが尊敬する円空作の木彫り仏像、『円空仏』だ（実はこれ、贋作《がんさく》の数が計り知れない）。その表情は独特で、朗らかでありながらも深い憂いを秘めた、泣き笑いともいうべき相好《そうごう》をしていた。

こうして、瑞空寺円空仏、通称『エンクウサン』は完成した。あたしがやらかしてから、一週間か十日くらい経ってのことだった。

初お披露目《ひろめ》となったエンクウサンを前にして、お父さんはうんうんとしきりに頷きながらこういった。

これこそ、「空即是色」だ、と。

あたしはその意味を聞かなかったし、聞いたとしても意味は丸っきり分からなかったに違いない（今だってよく分からない）。ただ、お父さんがお話をするときによく持ち出していた言葉――「色即是空」という熟語（もちろん、当時は音でしか知らなかった）が、逆さまになっていることに気が付いて、なんとなく不思議だったことはちょっとだけ覚えている。

意味なんか分からなくても、あたしはとっても嬉しかった。この仏様は、兄ちゃんとお父さんがあたしのために作ってくれたんだと思うと、愛しくてたまらなかった。お父さんが何事か教えを説いて、「……だから、元気をだしなさい」と話を締める以前からあたしは現金にも元気いっぱいに復活し、すぐにその兄ちゃんの大作を間近で鑑賞した。

エンクウサンが大事そうにお腹に抱えている玻璃の宝珠は、あの素敵な青色のステンドグラスが元になってできていることがすぐ分かった。あれほど感激したことは、あたしの人生で他にない。

二度と目にできないと思っていたあの美しい青色が、また別の形で輝いていた。

最終章――色

その人の汚《けが》れは消え失せ、食物をむさぼらず、その人の解脱《げだつ》の境地は空《くう》にして無相であるならば、かれの足跡は知り難い。――空飛ぶ鳥の迹《あと》の知りがたいように。

『ダンマパダ』九三

1

あの日、家路を行く僕の足取りは重かった。
火災報知機の鋭いサイレンが耳から離れない。子ども心に、たいへんなことをやらかしてしまったという罪悪感に苛まれていたし、単純にばれやしないか不安で仕方がなかった。

なんであんなことをしてしまったんだろう。

自分でも正直どうかしていたと思う。たしかに、僕にはいじめを止めたいという気持ちがなかったわけではない。とはいえ、たった一日だけ、あんな方法でいじめが中断されたからって、だからなんだ。間違いなくあの子は明日登校すれば、また同じような目に遭う。僕は火災報知機のピンポンダッシュを日課にでもするつもりか。

悶々とした気分の僕は、俯いて、家（寺）に着くまで自分の足下ばかりをみていた。道端の小石を意味もなく軽く蹴飛ばすと、寺の山門はもうすぐそこだった。

そして、僕は気が付いた。

「君は……」

山門の下で、前髪の長い女の子が佇んでいる。

女の子のほうも、僕の姿が目に入ったみたいだ。彼女はちょっと困ったような表情を浮かべると、ぎこちない仕草で僕に会釈した。

僕は沈黙した。なにが起きているのか頭が追いつかなくて、どうすればいいかも分からなかった。どうして。なんで、この子がここにいるんだ。

女の子も女の子でしばらく気まずそうにしていたが、やがて意を決したのか、訥々《とつとつ》と口を開いた。

「……あの、今日。お昼休みの時……サイレン」

女の子の言葉は途切れ途切れのうえに、単語の連続でしかなかったが、云わんとしていることは十分理解できた。僕はとっさに首をぶんぶんと横に振った。

「ち、違うっ。違うんだよ」

なにが違うのか、自分でも意味不明だった。装置を鳴らしたのは自分でないとごまかしたかったのか、あるいは正義感に駆られての行動ではなかったと伝えたかったのか。まあ、今にして思えば、ただの照れ隠しだったのだろう。長い前髪が目元を隠していて気が付きにくいが、近くで話すと女の子はかわいらしい顔をしていた。

慌てふためく僕を、女の子はきょとんとした面持ちで眺めていたが、その顔がふっと微笑んだ。とても柔らかい笑顔だった。僕までつられて頬を緩めてしまったけど、胸を締めつけられるような気分にもなった。この子は、いじめられているんだ。

「……あのさ、僕、別のクラスだから、どうすればいいか、よく分からないけれど。その、うーん。たとえば……」

たとえば、先生や親に相談する。僕にはその程度の口にするまでもない意見しか浮かんでこなかった。その提案がたいしたアイデアでないことは、小学生だった僕自身がよく知っていた。

女の子は僕の意図を察したみたいだった。しかし、眉を寄せる僕をよそに、当の本人である彼女はどこかあっさりとした様子だった。実際、彼女は次のようにいった。

「うん。そのことは、もう大丈夫だから」

その意味を僕が咀嚼するより先に、女の子は続けて僕に言葉を投げかけた。それは僕にとって予想外なものだった。だって、僕はこのときまで、女の子と自分との間に、目にはみえない線をはっきりと引いていたから。

「ねえ。――あたしのこと、覚えてる？」

明確な回答をしたわけではなかったが、僕の態度が答えそのものだったのだろう。女の子は少しだけ残念そうに「忘れちゃったかな」といって、笑った。

事実、僕は彼女のことを忘れてしまっていた。

「ううん。いいの。なんでもないから」

女の子は赤いランドセルの肩紐をぎゅうと握り込むと、半歩僕から後ろに下がった。

「それじゃあ、ありがとうね」

最後にお礼を告げると、女の子は僕の横をすり抜けていった。僕は言葉を返すことができない。彼女の小さな足音が次第に遠のき、後ろ姿が夕暮れの中で影になる。

くるりと、女の子が振り返った。

「さよなら。……たかみち君」

僕は立ち尽くし、やはりなにもいえなかった。

どうして彼女は、僕の寺の場所を知っていたんだろう。

あのとき、逆光で女の子の顔はよくみえなかった。笑っていたようだったけれど、頬に一筋だけ、涙が伝って消えた気がした。

それきり、僕があの女の子と会うことはなかった。

2

昔を思い起こしている間に、僕は目的地まで辿り着いた。

古風なレンガ造りの、重厚な建物——美術館だ。

自動ドアを通るといつもの受付事務員の女性の姿があった。眼鏡のズレを直してから、僕はカウンターに進んだ。

「日比野です。十六時から、上園館長とお会いすることになっているんですが……」

受付の女性は伝言をされていたようで、特に戸惑うこともなく応じた。

「伺っています。今、お呼びしますので」

すぐに内線の受話器を摑みそうになった受付の女性を、僕は慌てて制した。

「いえ、まだ時間になってませんし、もっと近づいてからで結構です」

「はあ、別に大丈夫だと思いますよ？」

「いえいえ、本当に。それよりも、ちょっとあなたにお聞きしたいことがあるんですが……」

ぽかんとした受付の女性の前で、僕は頭陀袋《ずだぶくろ》から一枚のメモ用紙を取り出した。メモには、スケッチブックから抜け出したような、不釣り合いな肖像が描かれている。

「付かぬことをお尋ねしてなんですが……ここに描かれてる女性に、なにか覚えはありませんか？」

受付を守っているのはいつもこの人だ。目にした可能性は一番高いはずだった。

まるで探偵や警察の真似事《まねごと》みたいな僕の質問と、なんの変哲もないメモ用紙に描かれた微細なデッサンという変てこな取り合わせに、受付の女性は不審を感じていた。

ところが、メモの中の肖像を一目みるやいなや、受付の女性は調子を一変させた。

「ああ、この人っ」

「ご存知ですか？」

やや勢い込んで尋ねると、受付の女性が首を何度も縦に振った。

「はい。はい。ちょっと前に、当館にいらしてくれた方です。いつ頃だったかなぁ。そんなに前のことじゃなかったと思いますけど」

「この人は、美術館に鑑賞しにきただけでしたか？」

受付の女性が回想するような素振りをしばしみせた。

「はい、まあ……結果的には、そうだったんですけれど……」

なにやら続きがありそうで、僕は口を挟まずに促した。

「その方、実は何度かいらして頂いたんです。それも毎日続けて……三日間だったかな。それで、初めてみえたときは、なんだかひどく躊躇されてる様子でした。こちらのカウンターをちらちら遠目にみてきて……正直いって、ちょっと変な人だなぁって思いもしました。平日の昼間でもありましたし。そうしたら、その方、なぜか一度外に出られて、閉館一時間前くらいになってまたこられたんです。そのときも同じような感じでした。それで、いい加減こちらから声をかけようかなってときに、その方がやっとカウンターに向かってきたんです。それで、ちょっとお尋ねしてよろしいですかといわれて――」

そこで、受付の女性は怪訝な面持ちで話を一度止めた。

「彼女は……なにを聞いたんですか？」

「いえ、それが……入館料はいくらですかって」

「入館料？」

拍子抜けしてしまった。受付の女性もそのとき僕に近い気持ちになっただろう。

「はい。とても緊張して、強張った様子でしたのに……。やっぱり、ちょっと変ですよね。だって、入館料のご案内は入り口でも掲示していますし、それに、こちらのカウンター前にも大きく掲示してありますし」

「それで、その後、彼女は？」

「いえ、三百円ですとご案内したら……普通にお支払い頂いて、その後は、しばらく鑑賞されてからその日はお帰りになりました」

このくだりには、若干気にかかる部分もあった。

「彼女、財布は持ってましたか？」

「え。そりゃあ……持っていましたよ。それがなにか？」

「いえ、大したことじゃありません。それより、二日目と三日目はどうでしたか？」

無意識のうちにか腕組みをして、受付の女性は一考した。

「二日目は……特に、変わったことはありませんでした。いえ、もちろん私はびっくりしましたけど。え？　また来たのって。でも、とにかくお昼頃にまたご入場して、それで帰られました。……三日目は、もしかして来るのかなって思ってたら、やっぱりいらして、それで、今度はカウンターでまた質問を受けました。えっと、よく意味が分からなかったんですけど、受付の仕事をされている方は、あなた——だから、私のことですね、私だけですかって？　そういう質問をされました」

質問の答えは分かっている。開館日のどの曜日に顔を出しても、受付事務員はこの女性だ。まだ若いみたいだし、勤めだしてから三年かそこらだろうか。

「私が、そうですとお答えすると、その人はそうですかっておっしゃって、後はお礼をいわれて帰られました」

これで、受付の女性の話はほぼ終わったようだ。

受付の女性はゆかりの描いた似顔絵をしげしげと凝視してからいった。

「やっぱり、この方で間違いないです。綺麗な方だなって、印象に残っていましたから。それに、なんだかまだ尋ねたいことがありそうな様子で。こちらからお伺いしようかとも思ったんですが、訳ありって感じだったので、無闇に立ち入るのもなんだなって、控えてしまったんですよね。私も少し気がかりだったんですけれど……」

「そうだったんですか。いや、お話を聞けてよかったです。ありがとうございました」

そのとき、真横から「小早川さーんっ」と、出し抜けに人を呼ぶ声が響いた。

びくりと肩をいからせた僕は、反射的に声の主へ顔を向けた。客ともスタッフとも取れるような格好をした、小太りの中年女性が佇んでいた。

どういうことだ、そう僕が疑問を抱くより先に、受付の女性が「あ、はーい」と、あっさり返事をした。

「——あなたが、小早川さん？」

僕が確認すると、受付の女性は不思議そうに首を傾げた。

「はい。そうですが？」

やっと頭が追い付いてきた。彼女も、これと同じ場面に出会ったわけだ。

腕時計の短針が、Ⅳの字に重なった。

3

冷房の効いた館長室に通されて、お茶を出されると僕は上園館長と二人きりになった。ソファーに腰掛け、机をはさんで館長と向かい合わせになっている。お茶はよく冷えた麦茶のようで、グラスには水滴がつき始めていた。

「急に申し訳ありませんでした」

「いや、構わないが……、いったい今日はなんの用事かな？　電話では説明しづらいといっていたが」

どこからどう説明したものか、未だに迷っていた。まず確実に、館長のプライベートの深いところに触れることになる。僕と館長は知り合いではあっても、腹を割って話をするような間柄ではない。

ここはやはり、聞いてもらうよりも、みてもらったほうが早そうだった。百聞は一見に如かずだ。

「はい。まずは、この似顔絵をご覧になってもらえますか?」

頭陀袋から似顔絵をつまみ出して、館長に手渡した。

困惑気味だった館長が、紙を受け取った瞬間、はっと息を呑んだ。指先が小刻みに震えている。館長の唇から、聞こえるか聞こえないかというか細い声で、「――真尋」と、その名が零れた。

上園真尋。これが彼女の本当の名前だった。

館長はしばし放心したようになっていたが、我に返って僕の顔をみた。

「ど、どういうことなんだ……なぜ、君が」

元より期待してはいなかったけれど、彼女が館長の元に身を寄せている可能性が失せたことを僕は悟った。

彼女は僕にこういった――私、もう身寄りがないんです。

「娘さんの、面影がありますか?」

まだ興奮が収まらない様子の館長は、その太い声を震わせた。

「ある。というより、娘だ。間違いない。この絵はいったい、なんなんだ? 本人をみて描いたものとしか思えないが、君は……娘に、真尋に会ったのか?」

出来る限り慎重に、僕は館長に答えた。

「会いました。この絵は妹が描いたもので……本人をみながら描いたわけではありませんけど、とにかく、妹も実際に娘さんに会い、その記憶をたよりに描いてもらったものです」

「それじゃあ、今、娘が君のところにいるのかっ」

「いえ、申し訳ありませんが、今はもういません。ですが、まずは僕の話を聞いていただけますか」

それから、僕はこれまで起きたことを、なるべく推測は交えずに館長に語った。千尋さん——僕は、こちらの名を使わせてもらおうと思う。少なくとも、今はまだ——が、うちの寺から去ってしまったくだりで、館長は落胆の色をくっきり浮かべた。

しだいに館長も冷静さを取り戻してきたようだ。僕が語り終えると、館長は長い長い息を吐き出し、ゆっくりと思考をまとめているようだった。

「……なぜなんだ」

館長が力なくそういった。

「すみません。僕にも、はっきりとしたことは分かりません。ただ、館長にお話ししないわけにはいかないと思いまして」

館長は俯いた顔を上げた。

「君が謝る必要はないだろう。むしろ、娘が迷惑をかけてしまったようだし、謝るのはこちらのほうだ。すまない。今日はわざわざよく来てくれた。恩に着るよ。だが、どうして君は、娘と私の関係が分かったんだ?」

「写真です。父の部屋にあった写真立てから、写真が一枚抜き取られていました。彼女が持ち去ったとしか思えません。僕の父と、館長と、それから……」

ここで、僅かにいい淀んでしまった。

「……その、館長の奥さんと、娘さんと、僕が並んで写っていたものでした。シャッターを切ったのは、僕の母でしょう」

ステンドグラスをはじめとする、父の美術品を鑑定してもらったときの写真だ。館長は妻子を連れてきていた。僕の記憶が正しければ、共に写っていたその娘は、目が隠れるほどに前髪を伸ばしていた。

あの日、父の部屋で、偶然にも彼女はみつけてしまったんだろう。幼い自分と、自分の母と父が、楽しそうに寄りそう一枚を。

嚙み締めるように、館長はいった。

「そうか。あのときの、あの頃の、写真……か」

館長が目を瞑った。なにを感じているのか、他人が勝手に揣摩《しま》することさえ憚《はばか》られるような、そんな沈黙だった。

父は美術館に勤める上園さんに、寺の美術品・工芸品の鑑定を依頼した。僕が小学校に入る手前くらいのときで、ゆかりに至ってはまだ生まれてさえいない頃だ。

あの青色のステンドグラスについては、上園さんは美術館での管理を提案したらしい。父の部屋では丁寧に芸術品を保管することは難しかったし、加えて少々無用心でもあった。しかし、父は提案をやんわり断った。うろ覚えだけど、父は僕にも後でこんなことを聞かせたはずだ。この部屋にステンドグラスがあることも、それに高い価値があることも、僕たちの他に誰も知らないのだから大丈夫だと。保管に関しては、父の信条を考えれば、ガラスはいつかは割れるものとか、そんな台詞をひょっとしたら口にしたかもしれない。

――将来生まれてくる僕の妹が、貴重なステンドグラスを粉砕してしまうとは、誰にも予見できなかった。

手付かずのグラスにぼんやりと目線を這わせながら、館長は額を右の掌で覆った。

「娘の話は、どこまでが……本当なんだろうか。その、結婚して、旦那から逃げてきたとか、借金があるとか……」

「それは、正直……なんとも。ただ――」

一考した。

今から僕が館長に話そうとしている内容も、結局は当て推量に過ぎない。けれども、話しても差し支えないはずだ。

「娘さんはこの美術館に来てますよね。うちの寺にやってきたのは、その後です」

二十年近くの歳月を経て、彼女はこの地に戻ってきた。いや、これまで彼女が一度も戻っていない証拠は実際にはない。しかし、目の前の上園館長が二十年近くものの間、娘と生き別れになっていることは事実だった。

「娘さんは、最初からうちの寺に来るつもりだったわけじゃないでしょう。だから、うちの寺での彼女の発言や、行動は、場当たり的なものが多い。実際、偽名も使ってますし……虚実が織り交ぜられています。いや、それを怨んでいるというわけではなくて、僕が思うのは、娘さんの一番の目的は、うちの寺なんかじゃなくて、美術館で館長に、自分の父に会うことだったんじゃないかってことです」

館長はなにもいわなかった。

長らく黙していた館長は、ゆっくりとした動作で座り直した。

「できれば、娘も結婚生活がダメになってしまったというのは……嘘であってほしいものだ」

今度は僕が黙る番だった。

館長は、娘もと口にした。その意味は尋ねるまでもなかった。

「私はね、昔、妻と娘に逃げられたんだ」

密かに心の準備はしていたが、いざ当人から告げられるとたとえようのない重苦しさがあった。しかも僕は、その原因の大本を聞かなくとも察していた。

「妻とは、離婚寸前の状態だった。顔を合わせれば、口汚く罵り合うような日々だ。実際、私のほうで離婚の準備を進めていてね。君のような立場の人間にこんなことをいうのもなんだが、妻は、怪しい宗教に入れ込んでいた。石だの珠《たま》だのから始まって、最終的には預金を崩してまで『お布施《ふせ》』をするようになってね。私は、もう別れる他に手はないと考えた。無論、娘は自分が引き取るつもりだったし、離婚の手続きもこちら側が有利になるよう進められる自信もあった。そんな折に——、妻は、残っていた預金の大半を下ろして、娘を連れて私の元を去った」

「警察に、捜索願は出しましたか？」

やっと僕も声を出せた。その内容はあってないようなものだったけれど。

「もちろん、出した。だが、捜索願不受理届がされていてね。妻は預金を持ち出していたから、こちらからその却下申請もできたかもしれないし、あるいは興信所とか、探す手立ては他にもまだ残されてはいたんだが……なんというべきか、あのときは、酷く疲れてしまった。気力が萎《な》えたし、現実問題として、金も残り僅かになっていた」

法律上は夫婦である以上、財産は共有資産だ。館長の奥さんの行動は犯罪には当たらない。犯罪でなければ、警察が積極的に動く道理もない。民事裁判で争うことになれば館長の有利は動かなかっただろうけど、その道のりはあらゆる意味で険《けわ》しい。

館長は麦茶を一口飲んだ。普段の覇気《はき》を感じさせない顔つきだった。

「特に、娘が妻について行ってしまったことのショックが、私には大きかった。もうある程度の分別はつく歳だったし、娘に、自分は選んでもらえなかった気がしたよ。私は、娘は当然自分について来てくれるとばかり思っていたから」

僕はあの女の子の言葉を思い返していた。――そのことは、もう大丈夫だから。自分のいじめについて、少し冷めた口調であの女の子はそういった。

きっと、彼女は現実的な解決策として、母親についていくことを選択したのだろう。もちろん、彼女なりの葛藤はあったに違いないが、天秤にかけた結果、彼女は父親ではなく母親を選んだ。選ばざるを得なかった。たとえそれが、思春期の入り口に立ったばかりの女の子にとって、重すぎる二択だったにしても。

「館長。ぶしつけな質問かもしれませんが、確認させてください。……館長は、娘さんに会いたいと思っていますか？」

「無論だ」

館長の返答まで、一瞬の間もなかった。

ほらね――と、僕は内心で思った。

やっぱり、怖がる必要なんてなに一つなかったのだ。

今すぐにでも彼女に教えてあげたかったけれども、僕の口から伝えたところで意味はないだろう。これはきっと、彼女が自分自身で向き合うべきことだから。

「……娘の所在について、君は、なにか心当たりがあるのかね」

館長が安心できるように、僕は会心の笑みを浮かべた。実際、あれをみたときは笑い出したいような気分になったものだ。

「実は僕、娘さんとの約束があるんですよ」

今度こそ、忘れないようにしないとな。

4

本当のことをいうと、細かなやり取りなんかは今でもよく思い出せない。なにせ、小学生にあがる前の話で、僕が小学校高学年の頃にはもう埃《ほこり》を被って眠ってしまっていた記憶だ。彼女――当時は美術館の受付事務員であった現館長の娘、上園真尋と、幼稚園が一緒だったわけでもない。

覚えているのは、彼女が僕のことを出会う前から知っていたということ。

その所以《ゆえん》は、幼稚園で作成した僕の紙版画が、たまたま地域主催のごくごく小さな規模のコンクール（もちろん園児限定だ）で大賞を射止めたからだった。

本人の口から断言しておくが、残念ながらこれはフロックである。たしかに僕は長じてからも立体美術の造形は嗜《たしな》んできたが、コンクールなどで末席に引っかかることはあっても、大きな賞を手にしたのは後にも先にもこのときだけだ。思うに、僕は単に手先が器用なだけだった。幼い頃は模写模倣などにおいてそれが武器になっていたみたいだが、技術面での平均レベルが均《なら》されてくる年齢になるにつれて、その点はマイナス方向に浮き彫りとなった。事実、僕の入選成績は小中高と右肩下がりである。自分はなにがしかの芸術を創造するセンスには欠けている。悔しいがそう自覚して認めたのは、僕がちょうど今のゆかりくらいの頃だった。

とはいえ、当時の僕は自身の快挙にひたすら浮かれた。両親も大いに喜んだし、父の友人である上園さんも喜んでくれたそうだ。僕の紙版画は地元の美術館の二階にしばらく展示されていた。現在ではゆかりの青い絵が飾られている場所と、奇しくも同じ位置だった。

美術館に僕の作品が華々しく飾られていることを、彼女も知っていた。受付事務員だった上園さんから聞いたのだろう。もしかしたら、実際に鑑賞もしてくれたのかもしれない。細かい感想をいってもらえたような気もする。

すごいね、と彼女は僕にいった。互いにお世辞なんて知らない年だったたし、同い年の女の子から笑顔でそういわれて、僕も調子に乗ったものだ。ただ、自分自身のことよりも、この女の子はこういった綺麗なもの――絵画でも工芸でも、なにかきらきらした空気のあるものが、本当に好きなんだなと、そんなふうに僕は感じた。きっと、お父さんがそういう仕事をしているから、この女の子も同じなんだと、単純にそう思った。それは僕も同じだったから、嬉しかった。

美術品鑑定のために上園さんと一緒に父の部屋に入ったとき、彼女の瞳はたしかに輝いていた。とりわけ、あの青いステンドグラスを前にしたときの彼女の様子ならば今でも思い出せる。女の子はやはり、すごいねといった。何度も何度もそう繰り返した。父と上園さんがステンドグラスについて話し込む中で、その周りをうろちょろとしながら、角度によって変化する青色の光彩を飽きることなく楽しみ続けていた。あのときの彼女の姿は、僕の記憶の中で幼い頃のゆかりと重なる。

鑑定も終わって親同士がコーヒーを片手に盛り上がっていた折、僕たち二人もなにかして遊ぼうという運びになった。女の子が普段どういった遊びに興じているかは定かでなかったが、なにをして遊ぶか、僕は迷わなかった。きっと彼女にも楽しんでもらえる自信があった。

僕が提案したのは、工作――写真立ての手作りだった。

おそらく現在では流通していない商品だが、当時小さな会社が『自分で作れる小物シリーズ』という学習遊具を制作販売していた。ペン立てや小棚、少し難易度が上がると電気スタンドなどもあってわりとバリエーションが豊富だったが、特筆すべきは基本的に木製の素材で厚みも持たせてあるため、自由に色を塗ったり彫ったりできることだ。僕はこのシリーズにはまり、小学校の卒業までにフルコンプした。おかげで夏休みの宿題も工作で困ったことはない。あまりにも好きだったので、数があっても問題ない写真立てはセール品対象になった際に大量に買い込んだ。長期間に亘《わた》って、塗りや彫りを変えては幾つも作ったが、写真の趣味はなかったので、完成品は全て父にプレゼントした。

彼女と一緒に作った写真立ては、その第一歩だった。

所詮は幼稚園児の手作りなので、フレームに色を塗って、雑なニス塗りの後で組み立てただけの品に過ぎない。そんな単純作業も実際は大半を僕が行い、彼女はほぼ横で眺めているだけだった気がするが、それでも楽しんでくれたみたいだった。僕も嬉しかった。自分の得意分野で女の子が喜んでくれれば、男の子は悪い気はしない。

出来上がった写真立てに、互いの両親も手を叩いた。せっかくだからと中に収める写真も拵えようと記念撮影した一枚。その一枚こそが、彼女が父の部屋から持ち去った、思い出の欠片だった。

帰りしな、前髪の長かったあの女の子は、僕にこういった。

また遊ぼうね。

僕は笑顔で頷いた。

5

約束というほどでもない。本当にたわいのない、子ども同士のやり取りだった。

あのとき、僕は嘘を吐いたつもりはなかった。

だけど、結果的に僕とあの子が再び一緒に遊ぶことはなかった。特別な理由があったわけではない。一番の原因は、小学校で一度もクラスが同じにならなかったことだ。上園さんの一家が再訪するということもあれからなかった。それに、小学校に上がってから、異性の子と遊ぶことに気恥ずかしさを覚えるようにもなった。周りの友達もそうだったし、それが当たり前だと感じていた。だから、あの女の子とそれきりになってしまったことについて、本音をいえば僕は取り立てて気にかけていたわけではない。

だからこそ、そのまま彼女のことも忘れてしまったのだ。

彼女がうちの寺の山門前で僕を待っていたあの日、もう一度あの青いステンドグラスをみせてあげることもできなければ、別れしなに「またね」と、そんな簡単な言葉をかけてあげることさえも、僕はできなかった。

……なんというべきか、僕が未だに独身というのも致し方なしといったところだ。我ながら、もう少しどうにかできなかったものだろうか。

まあ、しかし、後悔していてもはじまらない。禅宗の坊主ならば、有時《うじ》であるこの今をうじうじしている暇はなかった。

僕はもう、進むべき道へのチケットは手にしている。

父の部屋で、父の命日が過ぎてから二時間ばかりが経った時刻——ゆかりが偶然起きてきたあの夜にみつけた、彼女の残り香だった。

「……おいおい、どういうわけだこりゃ」

そのことに気が付いたとき、僕は思わずそう呟いていた。口元は緩んでいたはずだ。

あの夜、父の部屋で、僕の目線は彼女と共に作った写真立てに向いた。拙い手作りの写真立てからは、かつて収まっていた写真が抜き取られていた。

ところが、その中身は空っぽというわけではなかったのだ。

おいおい。

いつから僕は、カープファンになった？

写真立ての中で、カープの四番が豪快なフルスイングを決めていた。まだ若いが、怪我から見事復帰したり流行語大賞を受賞したりと、話題にことかかないスター選手である。いわゆるカープ女子、女性ファンからも注目の的だ。

だが、僕は赤ヘル支持者ではない。僕のひいきはオリックスだ。

まるで写真立てに吸寄せられるかのように、僕はゆっくりと近づいていった。一歩進むたびに、彼女の声が耳の奥で蘇っていく。

——最近は交流戦がありますから。……直接対決します？

そりゃおもしろい。オリックスvs.広島カープ。おもしろすぎて、僕は今にも笑いだしそうだった。

——私は、やっぱり野球を観るなら、お空の下で、ビールを飲みながらがいいですね。

だったら、広島のホーム球場であるマツダスタジアムだ。オリックスのホームはドーム球場なので、空は開かれていない。たしかに、風に吹かれながら、野球を肴に飲むビールは最高だ。

球場まで、一緒に行きましょうよ。

——でも、大丈夫かな。隆道さん、ちょっと忘れっぽいから。

面目ない。本当に恥ずかしい限りだ。ずいぶん長いこと、君のことを。

——あたしのこと、覚えてる？

忘れていた。だけど、やっと。

——また遊ぼうね。

僕は思い出した。意外に酒好きで野球好きな千尋さんが、どこか寂しそうに僕にさよならを告げていった前髪の長い女の子が、ゆかりと同じようにステンドグラスに魅せられていたあの子が、繋がっていく。

写真立てに指をかけて、僕はそっと開いた。収まっていたカープの四番のスナップは、ケーブルＴＶの番組表を切り取った一部だった。各球団のファンが満足できるようにと、それぞれのホームゲームを中心に放映するチャンネルが存在する。僕も契約を考えていたので、このケーブルＴＶの無料雑誌を手に入れた。ビールを飲みながら、千尋さんにも話したことだった。

丁寧に折り畳まれていた番組表の一部を広げると、スナップの下には放送日程が、すなわちカープの対戦日程が掲載されていた。

その日は、探すまでもなかった。

香煙が舞って円を描くように、紅の線が広島vs.オリックスの一戦を囲っていた。

6

　軽自動車は高速道路を快調に飛ばしていた。

　ドライバーは清明だ。僕が助手席に座り、後部座席にはゆかりが座っている。このメンツで遊びにでることは珍しい。そもそも、ドライブで遠出なんてこと自体が久方ぶりだった。

　天気は快晴だ。屋外球場のゲームは酷い雨だと順延になるので、これはありがたかった。急な葬儀も入らず、無事にこの日を迎えられてなによりである。おそらく、彼女は寺のスケジュールカレンダーを覗いたのだと思う。観戦日は僕たちにとって都合のつけやすい日取りだった。

　青空の下、使い古した中古車が鞭を打たれて速度を上げる。車内では、僕のチョイスした音源――古《こ》今《こん》亭《てい》志《し》ん朝《ちょう》の落語が『宿屋の富』に入っていた。じゃんけんに勝った順でＣＤを一枚ずつ流すことにして、一番手の座を僕が射止めたのだ。今は二周目、広島まで五時間くらいと考えると、もう一巡くらいはできそうだった。

　ゆかりは僕がＣＤを選んだとき仏頂面で膨れていた。落語のおもしろさを理解するには、まだ修行が足りないようだ。

「野球の試合って、六時から？」

流れ過ぎていく車窓の風景をみながら、ゆかりが口を開いた。

「そう。球場は三時には開門するけど」

用意したチケットは指定席でなく自由席だった。内野、外野の両席を複数枚取ったので座れない心配はないが、本来の目的を考えると、座っている暇があるかどうか。テンポよく古今亭志ん朝の噺が進み、隣で清明がにやっとした。こいつは意外に渋いところがあるので、落語ＣＤでもけっこう楽しんでいる。

一連の経緯を清明に報告すると、清明は自分も広島に同行したいと願い出た。僕も人手があったほうが助かるし、運転だって交代してもらえるので断る理由はない。清明もまた、今回の一件には思うところがあるのだろう。

「久しぶりに通るけど、代わり映えしない道だね。この辺りも」

切り拓かれた山道を車は走っていた。一つトンネルを抜けては緑が視界を覆い、またすぐに次のトンネルへと入り込む。その繰り返しだ。山の緑色は鮮やかなライトグリーンというよりも、ちょっとくたびれた、重たい色をしていた。

何度目か知れないトンネルに飛び込んだ。闇を照らす白光が、矢のように後ろへ後ろへ飛び去ってゆく。バックミラー越しに、光を目で追うゆかりの表情が窺えた。

「……千尋さんも、この道を通ったのかな」

「かもな。彼女はおそらく電車だったろうけど、風景は似た様なもんだ」

ルートは陸路しかなかった。もしかしたら千尋さんは、幼い頃にも同じ軌跡を辿ったのかもしれない。ここの緑は、以前からこんな静かな色をしていたのだろうか。

「千尋さん、結局、どうしてうちのお寺にやってきたんだろう？」

水面に波紋が広がるように、ゆったりとゆかりが疑問を投げかけた。

「そうだなぁ。せっかくだし、ちょっと整理してみるか」

清明がハンドルを右に切りカーブを曲がった。僕は頬杖をつき、思考をまとめる。

「千尋さんはおそらくはほとんど二十年ぶりに生まれ故郷へ帰ってきた。美術館を訪れて……その目的は、上園さん──つまり、父親に会うためだった」

初めに彼女が僕に語った、着の身着のままで発作的に旦那から逃げてきたという話は偽りだ。美術館に日を跨いで姿をみせたり、そのときには財布を手にしていたりすることを考慮すれば、その点は明白だった。彼女は当初は計画的に動き、数日間は僕たちの街のどこかに滞在していた。

「でも、会うことはできなかった。美術館に足を運んで、受付まで顔を出したのに、彼女は父に会うことが叶わなかった。上園さんは、今では美術館の館長だ。もう一歩だけ進んで、自分の父がどうなったのか受付で尋ねることさえできていれば、彼女の望みは簡単に叶ったはずだ。だけど、あとほんのちょっとのところだったのに、どうしても彼女はそこから先に手を伸ばすことができなかった」

「……なんで、できなかったのかな？」

ぽつりと呟いたゆかりの問いに、僕は一旦間をあけてから答えた。

「うん。きっと、怖くなったんじゃないかな。直接指が触れそうになって、寸前で、つい手を引込めてしまったんだ」

晩酌した折、千尋さんが「あの人」と呼んだ人がいた。

——私と母が、あの人に迷惑をかけたのは……間違いないんです。そう、経済的にも精神的にも、とても大きな負担をかけてしまった。分かってはいるんです。一度は、戻らないといけないってことは。会って、謝らないといけない。

僕はてっきり逃げてきた旦那へのものと解釈したが、今にして思えば、あれは父親に対しての言葉だったに違いない。彼女はこの後で、こう零した。

——だけど、私、怖いんです。

美術館の受付の女性から聞いた千尋さんの様子からは、彼女の葛藤が推し量れた。

かつて父親が立っていた受付からその姿が消えている事実を知ったとき、彼女は様々な想像を巡らしたはずだ。きっと、明るい可能性はみえにくくなっていただろう。自分の父は、愛していた美術館から、もうとっくに去ってしまったのかもしれない。かりにここにいたとしても、自分との再会などまるで望んでいないかもしれない。今更娘が舞い戻っても、父にとってはいい迷惑でしかないはずだ。私は、父に受け入れてもらえないかもしれない。……彼女の不安は尽きなかった。

最後の一歩を踏み出す勇気の尊さについて、よく耳にする。勇気に溢れ続けて生きてきたであろうといった人たちが、雄雄しくそう語る。それ自体はいい教訓だし、間違ってはいないと僕も思う。

だけど、踏み出せる人もいれば、踏み出せない人もいる。後者は臆病者だから得ることが許されないなんて、無慈悲というものではないか。他宗派の開祖の格言からだが、心の弱い人こそ救われるという教えは、素晴らしいものだと僕は信じている。

僕は、彼女を父親に会わせてあげたい。

しばらくの間、僕たちは皆一様に口を閉ざしていた。僕は空気を入れ換えたくなり、車窓をスライドして新鮮な風を引き込んだ。

「……美術館で父親に会うことを諦めた後、千尋さんがうちの寺にやって来たのは、偶然の部分が多いだろう。もしも美術館で館長にすんなり再会できていれば、今日のドライブだってなかったはずだ。ただ、全くの無計画ってわけでもないかな。素性を隠したうえに嘘を用意してきているし、嘘がもっともらしくみえるように装う準備もしている。それまで使っていた財布や旅の荷物は、どこかコインロッカーにでも預けておいたんだろ。一段落してからは、借りた和室の押入れに隠していたのかもな」

「なんでわざわざ、そうまでしてうちに……?」

「はっきりしたことは、断言できない。でも、多分、これっていう理由が一つだけあったわけではないと思う」

美術館で父親に出会えなかったとき、彼女は行き詰った。一歩踏み出すことを躊躇した彼女だったが、すぐに引き返すという選択もできなかったのではないか。それでは、なんのために捨てたはずの故郷にまで戻って来たのか分からない。引き返してしまえば、もう二度と父親には会えなくなってしまうような予感もあった。

とはいえ、彼女は独りだった。

「実際には財布や身分証を持っていたとしても、正直、千尋さんに経済的な余裕があったとは考えにくい。置き手紙にも、寺からの給金を当面の資金繰りに充てるって書いてあったしな。そう。あの手紙は――彼女の本心をそのまま明かしたものではないにしても、かといって嘘だったわけでもないはずだ」

そして、あの置き手紙にはこう記されていた。

――このお寺で過ごした時間を、私は決して忘れません。

そうだ。彼女は忘れていなかったのだ。

「目的は果たせず、手持ちもあまり残っていない。行き場を失ってしまっていた千尋さんだったが、彼女は美術館であるものに出会った」

僕が後部座席を振り返ると、ゆかりは目線で「なに？」と促した。まるで思い至っていない当の本人を前にして、僕はちょっと愉快な気分になる。

「お前の絵だよ」

兄の思わぬ不意打ちに、自慢の妹は目を丸くした。

僕たちの名字は、全く見かけない程ではないが、そう多いほうでもない。だが、そんな些細な情報よりも決定的だったのは、やはりゆかりの絵そのものだろう。彼女がゆかりの青い絵を前にしてなにを想起したかは、考えるまでもなかった。

「お前の絵が、止まっていた彼女の足を寺へと動かした。これは絶対に間違いない」

ゆかりはなにも答えず、ぷいっと窓の景色に目をやった。その頬に差した仄かな赤味を隠すように、車が薄暗いトンネルに再び入った。

「そうしてうちの寺にやって来て——住職が僕に代替わりしているとは予想してなかったろうけど——ともかく、方便を織り交ぜつつ、うちに転がり込むことに千尋さんは成功した。それからの千尋さんの心境については想像しようにも難しいけれど、なにか目的意識があったようにも、流れにただ身を任せていたようにも取れる。どっちが間違いって感じでもなさそうだ。そんなふうに、しばらくゆらゆらとしていた彼女の状況を動かしたのが、清明だった」

「俺が？」

隣で清明が僕と違って大きな瞳を二度ほどぱちくりさせた。長いまつげが、しぱしぱと上下した。

「葬式があった日、お前も千尋さんに会っただろ。そのとき既に、お前は彼女のことを思い出しかけていたじゃないか。きっと、彼女も同じだった。素性を隠していた彼女にとっては、潮時を感じる切っ掛けになっただろう。今にして思えば、あの日、彼女は派手に寺の中を動いている。あれはきっと……探し物をしていたんだな」

深く鮮烈な青色を、彼女もまた瞼の裏に焼きつけていた。振り返ってみれば、千尋さんはきょろきょろと探りを入れる仕草をよくしていた。きっと、思い出の内にあったあの青いステンドグラスを、もう一度みたかったのだ。

「それで、彼女は——父さんの部屋に入った」

あの日、千尋さんは泣いていた。探し物をしている間に、皮肉にも自分の父親を彼女はみつけてしまったのだ。美術館では出会えなかった家族と、彼女は偶然再会した。彼女のあの涙は、演技ではなかった。

「……だけど、千尋さん、なんで今になって、館長に会おうと思ったのかな。ずうっと、長い間連絡も取らずに離れ離れになってたんでしょ？」

「うん。考えられる可能性は大まかに二つある。一つ目は、彼女が話したことが半分事実だったパターン。つまり、結婚はしたけど、旦那に愛想が尽きて逃げ出したとか、旦那が借金を作ったからその無心を頼みにきたとか、そんなところだ」

「でも、千尋さん結婚指輪してなかったよ」

「へえ。そっかぁ……それは見逃してたな。まあ、結婚指輪をしてないことがそのまま独身の証ってことにもならないだろうけど、たしかに、僕も千尋さんの言動からは旦那さんの影が透けてこない気はするんだ」

「じゃあ、もう一つの可能性ってなに？」

「もう一つは……。これまで千尋さんは母親と一緒に生活をしてきたんだけど、お母さん、最近亡くなられたんじゃないかな。それで彼女は、そのことを上園館長に、伝えにいくことを決めた」

幼い頃に父を失い、母も今年病で亡くしたと千尋さんは僕に話した。

千尋さんが中学生を卒業する前に、彼女の母親は倒れたらしい。以降、身体を患ったそうだ。かつて、千尋さんの母親に取り憑いた「宗教」があった。いかなる難病の治癒も可能にし、信心の証明としてお布施さえすれば、その者の人生を必ず守るという、奇跡の宗教。晩年、母親はなにを感じたのだろう。千尋さんはいった。——倒れて、身体を病んでから、次第に母は変わりました。

それがどんな変化だったのかを僕は知らない。千尋さんと、身体を病んだ母親が歩んだ道のりは、彼女たち二人のものだ。幸せも不幸せも、彼女たちだけのもの。他人が口を挟むものではない。僕たち坊主ができることなんて、結局は祈ることだけだ。

「……まあ、僕が考えているのはそんなところかな」

僕はそれで概ね話をまとめるつもりだったが、ゆかりはまだ若干釈然としないところがあるようで、後ろ手を組んで、身体をシートに深く預けた。

「でも、やっぱりあたしには千尋さんがよく分からないな。なんていうかさ、やってることが、わざわざ遠回りしてるみたい。嘘ついたり、隠し事したり。はじめから、正直に全部話せばよかったじゃん。そうしたら、兄ちゃんだって今は館長と付き合いあるんだから、うまく間に入れたでしょ。……それに今日のことだって、あの写真立て、たまたま兄ちゃんが気が付いたからよかったけど、あれ、年末の大掃除までそのままだったら、どうする気だったんだろ」

「それは——」

僕は返答に窮した。あまりにもストレートなゆかりの物言いに、人間そう単純には生きていけないのだと諭したくはあったが、妹の言い分にも一理あるような気がしないわけでもない。

そのとき、ハンドルを握っている清明が、腹の底から込み上がってくる類の笑い声をくつっと漏らした。なんだかおかしすぎてもはや我慢できないといった具合だ。

「なんで分からないかなぁ、ゆかりちゃん。彼女は賭けを打ったんだ。賭け打つ、駆け引き——ってな。大人になると、皆博打が好きになるものさ」

「いや、お前の競馬好きは度が過ぎている」

「朴念仁《ぼくねんじん》が余計な茶々を入れんなよ」

半ば呆れた調子で僕にそう返すと、清明は実に楽しそうにアクセルペダルを踏み込んだ。スピードを上げ、車体がトンネルに吸い込まれていく。

「……賭けるって、でも、なにを……なにに？」

「言葉にしたって、消えちまうよ」

狭い道を反響する轟音が束の間鳴り、やがて出口から漏れ差す自然光が行く先を照らす。

トンネルを抜けると、夏の訪れを予感させる雄大な入道雲が広がっていた。

「おお、こりゃすごい」

思わず僕がそう零《こぼ》すと、清明が「今晩は、きっと星がよくみえるな」と、どことなくもてそうな台詞を吐いた。

「やっぱ、野球には入道雲だよなあ。素晴らしい。こういう光景をみると、お釈迦様がつい最期にいってしまったのも分かる気がするよ」

「ああ、あれか。事実かどうかは微妙なやつだろ」

清明は歯をみせずに笑みを浮べた。後部座席では、ゆかりがきょとんとしている。

「いったさ。いったに決まってる」

僕がそういうと、ゆかりが「ねえ、なんの話？」と、仏教の話題に珍しく割り込んできた。よく通る渋い声で、清明がゆかりに解説をはじめた。

「晩年の、釈尊の話だ。八十を過ぎて年老いた釈尊は身体を病むんだが、それでもガンジス川を越えて、最後の伝道の旅へ出た。道のりは険しく、身体はもう若くない。常に病、いや、死と隣り合わせだったはずだ。しかし、その道中、雨季に立ち寄ったヴェーサーリーという地で、釈尊は付き人のアーナンダにこんなことをいったという。曰く、ヴェーサーリーは『楽しい』と。アーナンダは仰天した。なぜって、それまで師匠、釈尊は世界の全ては苦しみの輪で出来ていると教えて回り、しかもその言葉の通りに師の身体は病み、確実に死が近づいていた。そんな状況で、釈尊が浮世そのものに対して楽しいという表現を用いた。驚くのも無理はない。……このエピソード自体は、パーリ語の原典——信憑性の高い、史実に近いとされる経典群にも残っている。そして、こいつを新しくサンスクリット語で編み直したときに、こんな言葉が、弟子たちの手によって書き足されるんだ」

そこで清明は解説を切り、僕にバトンタッチを促した。おいしいところを譲るとは、なかなか兄弟子思いのやつだ。

僕はキメ顔を整えてから、その言葉を妹に教えた。

「――世界は美しい。人生は甘美なものだ」

これを初めて耳にしたとき、僕自身はいいようのない喜びを覚えた。

「確かに、この言葉をお釈迦様が実際にいったかどうかは、分かっていない。でも、僕は思うんだよ。お釈迦様の教えを伝えられた弟子たちが、それぞれにその意を汲み、学び、そのうえで最後の最後にお釈迦様が世界を美しいといってくれたと、そう信じられるってことそのものが、きっとすごく嬉しいことなんじゃないかって」

色即是空の空即是色。

師は僕に教えてくれた。色は変わり続ける。同じ色を保つことはできない。全ての色は空に還っていく。だけど、空は無色なわけじゃない。あるときは青色、あるときは水色、あるときは群青色、それぞれに名前を持ちながら、その瞬間を精一杯に染め抜いている。もしも空に変化が生じなかったら――夕焼けが燃え、夜は黒く沈み、白い雲が浮かんだり、ときには雨粒が落ちたり、小鳥や洗濯物が舞ったりと、そんな彩りがなければ――僕たちは空を美しいと感じただろうか。

青い青い空に、巨大な入道雲がそびえる。山には緑が生茂り、人が長い時間と大量の汗を注いで切り拓いた道が、左に右にうねっている。

軽快な調子で、ぽんこつ自動車が道中を行く。

「いやはや、ゆかりちゃん。なんか、兄ちゃんがえらい真面目なことをいってるぜ」

ゆかりがぱっと顔を綻ばせた。

「ね。なんか、坊さんみたいなこといってるよ。どう思います？」

そのとき、僕のチョイスした落語CDがちょうどタイミングを合わせたように、大笑いと拍手喝采の音を響かせた。演目が終了したみたいだ。

「やっと終わった！　次あたし！」

清々した表情で、ゆかりが嬉々として自分のCDファイルを開き始めた。

「なんか音楽かけてくれ。まさしとか、渋いのが聞きたい気分」

「なにバカいってんの。さっきまで自分の趣味丸出しだったくせして。こっからはあたしの時間！」

選び取った一枚のCDをゆかりが僕に手渡した。青や緑の色が躍った、カラフルで楽しい円盤だ。

「これ、どんなの？」

再生ボタンを押しながら、僕はゆかりに尋ねた。

ゆかりはにっこり笑って、こういった。

「女性ボーカルの、最高に爽やかなバンド」

ゴールまで、あともう少し。

7

マツダスタジアムは、野球場特有の熱気と喧騒《けんそう》に包まれていた。

ゲートをくぐり入場した僕たちは、真っ直ぐ席には向かわず、グッズショップやカフェのあるスペースで足をとめた。時刻は六時に迫っており、両陣営の先発メンバーがすでにアナウンスされている。

「しかし、どうやって探して回る？　球場といってもかなり広いぜ。三人で回ってもみつけられるかどうか」

清明がいうと、ゆかりも続いた。

「それ、あたしも気になってた。待ち合わせ場所を決めたわけじゃないんでしょ？」

二人が懸念する通り、このまま無闇矢鱈《むやみやたら》に動くのは得策ではない。かといって、千尋さんから落ち合う場所や時間まで指定があったわけではなかった。約束というには、あまりにか弱い。

だが、僕には作戦があった。

「大丈夫だ。僕には作戦があった。ここに秘密兵器がある」

ごそごそとスポーツバッグをかき回した。その中には、メガホンや応援バットなどの応援グッズが詰まっている。僕はそこから、基本中の基本ともいえるアイテムをドラえもんみたいに摑み出した。

「ぱんぱかぱーん」

自ら効果音まで鳴らしたのに、あいにく二人の反応は今ひとつだった。

「それなに……キャップ？」

「イエース」

秘密兵器は、紺色の野球帽だった。オリックス・バファローズの球団帽だ。

「カープのもいるから、そこの売店で仕入れよう」

「あの、ごめん。話がよくみえないんだけど」

怪訝な面持ちのゆかりに、僕は得意げに話した。

「作戦を説明しよう！　つまり、カープサイドの探索をするときはこいつを被り、逆にオリックスサイドをみて回るときはカープの帽子を被るんだ。すると、どうなると思う？」

「喧嘩になりそうだな」

「ああ。それは気をつけよう。ともかく、その状態でうろうろすれば必ず目立つ。敵陣の真《ま》っ只中《ただなか》で、自分は相手方ですってふれて回るようなもんだからな。まして、帽子の色は真紅と濃紺で正反対だ」

「……なるほど。みつけるんじゃなくて、みつけてもらうわけか」

清明が帽子のつばの先を軽くつついた。

「その通り。唯一の気がかりは、お前の顔を彼女が覚えてるかってことだが、まあ大丈夫だろ。お前の顔立ちは無駄によく目立つし」

「そりゃどうも」

オリックスの帽子を配りながら、僕は分担を決めていった。

「清明は、そうだな。オリックス側を一通り頼むか」

「了解」

「ゆかりは広島側の、内野席」

なにか考えごとをしているようだったけど、僕が指示するとゆかりは無言で頷いた。一概にはいえないが、気性の荒い方々は外野席の応援団近辺に集中するので、内野席の探索のほうが安全だろう。

「そして、僕が広島側の外野席を担当する。ある程度時間が経っても進展がなかったら、分担をチェンジしよう」

二人が首を縦に振った。

僕はゆかりにもオリックスの帽子を手渡そうとして、その様子がやけにしゅんとしていることに気付いた。悪戯心が鎌首をもたげ、帽子をすぽっと直にゆかりの頭に被せてやる。すると、ゆかりは顔を上げ、髪形が崩れるのを嫌ったのか、わずかばかり不満混じりの目線でこちらをみた。

僕より先に、清明がコメントした。

「なかなか様になっているじゃないか。かわいらしいぞ」

「おう。まるで女子マネみたいだ」

これで、ちゃんと制服を着て、帽子の後ろの隙間からぴょこっとポニテを出してくれれば完璧だ。

「……あたし、あんまり野球は好きじゃないんだけど」

口ではそういっても、ゆかりはまんざらでもなさそうだった。しかし、その表情はすぐにまた陰り、ゆかりは心配そうな声でいった。

「千尋さん。来てくれてると思う？」

僕は努めて明るい声色を意識して、断言した。

「来てるよ。必ず」

信じていた。

前回だって、彼女は美術館まで足を運ぶことはできた。今回も、絶対にここまではやって来ているはずだ。

「もし、あたしたちをみつけたら――声をかけてくれるかな？」

「大丈夫だよ」

まるで祭囃子《まつりばやし》のように、にぎやかな太鼓《たいこ》やラッパを遠方で奏でる音色が耳にはいった。プレイボールがコールされたらしい。僕はゆかりの肩にぽんと手を置いて、じんわりと力を込めた。

「今度こそ」


階段を上ってライトスタンドに出ると、高まった熱気が頬をなでた。まだ試合は動いていない。一回表オリックスの攻撃中だが、アウトを示す赤ランプが既に二つも点灯していた。相手方、カープの先発は若手のホープのようだ。

六時を過ぎても空はまだ明るく、太陽の残光がほのめいていた。今日は空気が澄んでいる。外野の照明塔が煌々《こうこう》と灯り、グラウンドを照らしていた。球場の照明というものは強烈な光を放つわりに、妙にぼやけて感じることがあって、そういうときは夢でもみているかのような、不思議な錯覚があった。

ここはライトスタンドのほぼ中央みたいだ。外野席の入りはほぼ満席で、これだけ人の数があると壮観だった。その大勢がユニフォームや帽子、それにメガホンなどなにがしかの赤色を身に着けていて、自分一人だけ濃紺の帽子を被っていることが気恥ずかしくなった。帽子は自分の目には入らないのが救いである。

右をみて、左をみて、どちらから攻めるか一考する。別にどちらからでも構わないけど、こうして確認すると意外と広い。カープの本拠地といえば、昔からホームランがぽんぽん飛び出す狭い球場という思い込みがあったので、若干びっくりした。

一度外野席の右端まで行ってからセンター方向に折り返す計画を立て、右に一歩踏み出した。すると、付近から悲鳴に近いどよめきが起こり、逆に清明がいるであろうレフトスタンド方面から歓声が沸いた。

オリックスの三番バッターが、左中間を割る打球をかっ飛ばしたのだ。僕は思わず声を張り上げそうだったが、今自分が立っている場所を思い出して、すんでのところで留まった。お坊さんが喧嘩を売るのはよくない。

その後、四番バッターが連打を決めてオリックスが先制した。ところが、続く一回裏カープの攻撃でオリックスの先発が早々に崩れ、二点を奪われる。また次の回にはオリックスが一挙に三点を加え、二回裏で四対二という、一進一退の攻防が繰り広げられていた。

白熱する好ゲームとは裏腹に、千尋さん探しは難航した。

できるなら向こうに僕をみつけて欲しいため、なるべくゆっくりと、人の間を縫って外野席を進む。三回表の時点でセンター寄り――バックスクリーン近辺まで僕は辿り着いたが、千尋さんの姿を発見することはなかった。

これで一度はライト側外野席全体に目を配ったことになる。気落ちしてしまった感は否めなかったけれど、再び折り返して球場最右翼を僕は目指した。いっそ声を張り上げて名を呼ぶかとも考えたが、ヒートアップする試合に球場全体がざわついており、効果が望めそうもなかった。

二度目の道のりは、さすがに何度か鋭い視線が刺さった。なにをうろうろしているのだと怪しまれたに違いない。その中に彼女の視線があれば話は早かったけれど、なにごとも起こらぬまま僕はポール際まで戻ってきてしまった。

うっすら浮き上がった額の汗を拭い、ため息を吐いた。清明とゆかりからも連絡がないので、二人も似たような状況だろう。そろそろ、一度分担を替える頃合か。

五回表のオリックスの攻撃が終了し、裏の広島の攻撃になった。試合も中盤だ。僕は軽い休憩がてら、通路の隅に身体を寄せてグラウンドを見渡した。周りでは攻撃側のカープファンがほとんど総立ちになり、応援歌が演奏されている。太鼓が派手にリズムを刻み、ラッパはがちゃがちゃとメロディーを奏でていた。どんなに騒がしくても、野球好きの人間にはこいつがなんでか心地よく染み込むものだ。

オリックスは大ピンチに直面していた。一人はヒット、一人は四球で出塁を許し、今また続けて四球を出した。これで満塁だ。しかし、ツーアウトまで追い込んでもいる。ここを抑えればチェンジだ。

目を細めて、僕はオリックスの投手を見守った。マウンド上で、ピッチャーが振りかぶる。綺麗なフォームだ。僕は彼のこのフォームが好きで、入団当初から注目していた。そういう選手が一軍で日の目をみてくれるのは嬉しい。近年は自分より若い選手も増え始めた。同時に、少年時代にわくわくさせてもらった選手が、何人かユニフォームを脱いだ。

渾身の力を込めて、投手が腕を振り下ろした。白球が打者にむかって伸びる。いい球だ、そう思う間もないうちに、ボールはキャッチャーミットに収まっていた。ストライクだ。僕は、よし、と小さく呟いた。

野球のなにが好きって、プレーの一つ一つが分かりやすいことだ。基本的にタイムアップのない野球は、ゲームセットの瞬間までいくつプレーを重ねるか分からない。プレーのそれぞれに意味があり、一つ一つを区切ることで、実は繋がっていることがよくみえてくる。

ピッチャーが球を投げない限り、野球は始まらない。投球の直前、ピッチャーは捕手とサインを確認しあい、野手と声をかけあい、最後に打者を睨みつけ、これから行うプレーの意味と向き合う。

オリックスの捕手が投手に返球した。投手は一旦ロージンバッグに触れてから、グラブの中で球を握りこんだ。その首が小刻みに動く。球種が決まったみたいだ。

やはり美しいフォームで、流れるようにピッチャーが振りかぶる。

彼はきっと、もうなにも考えていないだろう。

白球が指を離れるその瞬間を、言葉で形にすることなんてできない。

放たれたボールが外角低目いっぱいに決まり、僕がぐっと両の拳を丸めたときだ。

背後で、人の気配を覚えた。

球場全体の音が溶け込みあって、一瞬、消えてしまったみたいだった。アウトかセーフか、固唾を呑んで判定を待つそのときのように。

——彼女だ。

根拠のない、確信があった。

一気に打者を追い込んだオリックスのバッテリーは、時間をかけることなく次の配球を定めた。ここは絶対に三球勝負だ。もう一球ストレートしかない。

僕は振り返らなかった。

きっと、彼女から呼んでくれる。

ピッチャーの身体がしなやかに舞い、球場が大歓声に包まれた。無数の声々が熱気に乗って飛び交う中、僕はたしかに、彼女の静かな声を受け取った。

「……久しぶりね。たかみち君」

凜としていながらも、どこか切ない——そんな声色だった。本当に久しぶりに、彼女の声を聞いた気がした。

バックスクリーン目掛けて一直線に高く高く伸びていく打球を目で追いながら、僕の口が自然と笑いを結ぶ。いい直球だった。これは打者を見事と褒めるべきだろう。

赤いヘルメットを被った逆転の立役者が、誇らしげな表情でダイヤモンドをゆっくりと一周していく。バッターがセカンドベースを回ったとき、僕ものっそりと身体を転じた。

この人に、聞きたいことが山ほどある。いいたいことや、教えたいことも。

話題は選びきれないくらいだったが、焦ることもなかった。

美しい泣きぼくろは、今も昔も変わっていない。僕はふっと肩の力を抜いた。

「……とりあえず、ビール飲みませんか?」

天を仰ぐと、星の降るような夜空が広がっていた。

＊

兄ちゃんからの着信が入り、あたしは千尋さんがみつかったことを知った。

内野席を何度も何度も往復していたあたしは、半分以上諦めかかっていた。そんなときに飛び込んだ一報だった。

——みつかったんだ。

携帯を切ると、自然に足が駆け出していた。

野球場にはいろいろな人が来ていた。子ども連れの家族や、カップル、男友達で来ている人たちもいれば、女友達で集まっている人たちもいた。いくつなんだと心配するほどのおじいさんだけでなく、おばあさんもいた。おばあさんが燃えるような色の法被《はっぴ》を着込んで、声を嗄《か》らして応援しているのだから驚く。

逆転満塁ホームランの瞬間、法被のおばあさんは、隣の席に座っていた、どうみても縁がなさそうな金髪ギャルと肩を抱き合って喜んだ。ふと周りを見渡すと、多くの人が立ち上がり、近くにいる人と誰彼構わずに喜びを分かち合っている。不思議な光景だった。

打った選手の名前をひたすら叫び続けるおじさんの横を抜けて、あたしは走った。たくさんの人の歌声が聞こえる。きっと、これがカープの応援歌なのだ。調子外れでもお構いなしに大声で歌う人がいっぱいで、なんだか楽しそうだった。奇妙奇天烈《きてれつ》な大合唱は、歌詞やメロディーをしらないあたしでさえ、お腹の底からくすくすと笑いが溢れてきそうな力強さがあった。

千尋さんがみつかった。

いなくなってしまったあの人が、みつかったんだ。

あたしは速度を上げた。マナー違反だけど、昂ぶる気持ちを抑え切れない。感情が足まで伝わって、前へ前へと進んでいくみたいだった。

内野席から、渡り廊下に抜けた。

兄ちゃんたちはライトスタンドのポール際にいるらしい。ここを真っ直ぐ行って、階段を上れば辿り着けるはずだ。

乱れた呼吸を整えて、あたしはまた足を動かし始めた。

走りながら、いろいろなことを思い出した。

それぞれの思い出に、色が塗られている。

青、緑、黄、赤、白、黒……。その濃淡もさまざまに、無限の色がパレットに落ちた。絵の具を、筆がのばしていく。花火を描くように、色は集まり繋がっていった。

色彩豊かなこの世界を、あたしはひたすら突っ走る。

頬を赤く染めたおっさんが、紙コップを片手に上機嫌であたしに話しかけた。

「おいおい嬢ちゃん、オリックスはそっちと違うぞ！」

あたしは立ち止まり、おっさんに向かってスマイルした。

「ありがと！」

ぶんぶん手を振ってから、あたしは再び走りだす。後方で、おっさんが「だから違うってのに！」と大笑いするのが聞こえた。酔っているとなんでもおかしくなるみたいだ。あたしも、なんだかおかしくって仕方がない。

楽しい。

あたしたちは、繫がっている。

文化部のくせに、全力疾走しすぎたみたいだ。足がもつれて息が上がっている。汗もびっしょりだ。

……とくん、とくん、とくん。

身体に耳を澄ますと、心臓の鼓動が響いた。

あたしが生きている音がする。

ああ。

——これは、お父さんの音なんだ。

だって、あたしにはそう聞こえるから。

お父さんの声が聞こえるから。

あたしの中にお父さんがいる。

お父さんが、ずっとあたしをみてくれている。

そうだったんだ。

いなくなったり——しないんだ。

あたしの心臓が脈打ち、あたしが生きて、繫がっている限り。

みんなみんな、いなくなったりしない。

いなくなってたまるか！


力を振り絞り、あたしは階段を駆け上がった。

ライトスタンドまで登りきったとき、グラウンドの照明で目がくらんだ。いくつも並んだ白い光がぼんやりとにじんで、なんだか夢をみているみたいだ。

首を回して、そびえ立つポールに目をやる。上から下へ、根元を目指して視線を這わせた。ポール際、下段の席だ。

いた。

兄ちゃんと……千尋さんだ。

二人並んで、なにかおしゃべりしながら野球をみている。

人の気も知らずに、暢気にビールなんか飲んじゃって。

あたしはほくそ笑んだ。……あの人、これからなにが起きるか、知らないんだ。

真っ直ぐ、あの人のところへ急ぐ。でも、今度は走らなかった。なるべく気取られないように、背後から、長くて綺麗な黒髪に忍び寄っていく。もう少し、もう少し。

あの人は、あたしにいったんだ。

怖がらないで、前を向いてって。

あたしたち二人の距離が縮まる。

あの人はこうもいった。

あたしの大切なものは、なくならないんだって。

あたしは、あの日、あたしの部屋でお茶をしたときみたいに、千尋さんにぴったり近づいた。

ふわっと、いい香りが舞った気がした。

やっと気配を察したのか、千尋さんが振り向いた。あたしには、その動きがなぜだかとてもゆっくりとみえた。

あたしたち二人の視線がぶつかる。

最初にすることは決めていた。

今度は、あたしが教えてあげる。

チャーミングな泣きぼくろの下を狙い、あたしは思いっきり掌に力を込める。

口の中を切ったって知るもんか。

その美しい顔、パンパンにしてやるぜ。

ピッチャー振りかぶって――

ストライク！

エピローグ――縁

世界は美しい

手塚治虫『ブッダ』

小学校の頃、宿題のためにお父さんとお話をしたときのことだ。
昔の夢をみた。
ねー、お父さん。あたしの名前って、どういう意味なの?
……んー。そうだなあ。お前の名前は、お父さんが仏教で一番大切だと思っている
教えから、その一字を使ったんだけど……。
えー。そんなの、よく分かんない。

まあ、簡単にいえば、こういうことだ。

なに？

ゆかりがいろんな人やものに出会って、そして――

ふむふむ。

――幸せになりますようにっていう、お願いだな。


目が覚めて、あたしはもそもそと身体を起こす。

今日も、あたしの一日はいつも通りに始まった。

起床時刻は朝五時。鏡の前で歯を磨いて、顔を洗い、後ろで髪を結う。セットを終えたら階段を下り台所へ急ぐ。お膳の用意をして、朝の鐘を鳴らし、本堂の仏さんにお膳を供えてから、朝食の仕度にかかった。今日の献立はハムエッグ、トーストだ。あとはなんか適当に野菜を刻む。それで十分……なんだけど。

今日は、冷やしておいた一品をデザートに添えた。朝からちょっとした贅沢だ。

トーストを齧ってミルクティーを一口すすったとき、一仕事終えた兄ちゃんがまだまだ眠たそうにやってきた。

「くあ。ゆかり、おはよう」

「おはよ」

「ん？　なんだこれ。……ああ、昨日のやつの残りか」

そうだよ、と答えながら、あたしはチーズケーキにフォークを通した。一瞬、ストロベリーソースの鮮烈な香りが鼻をくすぐる。ケーキはとても柔らかくできていて、滑るようにフォークが沈んだ。

「よくできてるよなあ、これ。今日は美術館に行くし、受付でちゃんとお礼をいっとかないとな」

あたしはチーズケーキを頬張りつついった。

「あのね、これはあたしが作ったの。あの人は横でちょっとサポートしただけなの」

「へー。へー」

半信半疑の兄ちゃんを、じとっとひと睨みした。

そりゃまあ、材料を揃えたり、指示を出したり、分量を教えてくれたりしたのはあの人だけど。でも、手足になったのはあたしなんだから。

「次は、ナス味噌炒め作るからね。あたしが」

「そりゃ楽しみ」

最後の一口を放り込み、食器を流しに運んだ。水道を捻って、片付けにかかる。

「割るなよ」

「割りません」

慎重に食器を洗い終えたあたしは、手についた水滴をぴっとシンクに払ってから、タオルで拭った。

「じゃ、いってきます」

「いってらっしゃい。気ぃつけて」

いつものやり取りが、今日も平穏に過ぎていく。


玄関を開けると、キヨアキさんの姿が目に入った。

「あれ？　キヨアキさん」

「ああ、ゆかりちゃん。おはよう」

キヨアキさんはお坊さんらしい格好じゃなかったけど、白菊の花束を抱えていた。お父さんのお墓参りもしてくれるんだ。

お礼をいうとキヨアキさんは照れるので、あたしは花束については触れなかった。

「今日は、どうしたんですか？」

「今度大きな法要があるから、その打ち合わせと下準備」

「いつもありがとうございます。まだ兄ちゃん半分寝てるけど。あ、冷蔵庫に手作りのチーズケーキがあるから、食べてもいいよ」

「――ああ。上園さんが？」

あのキヨアキさんは「俺はいいよ、甘いものは」と、そっけなかった。なんでも、あの人が後日なにかお礼をしようとしたときにも、キヨアキさんは似たような台詞で断ったらしい。この人のすかし方、あたしはいつも笑いそうになるんだけど、これがいいって子も多いのだろうな。

「そうですか、ま、ならいいけど。あたしが食べるから」

「太るぞ」

「普通、女の子にそーゆーこといいます？」

あたしが口を尖らせると、キヨアキさんはにやっと歯をみせずに笑った。


教室に入って鞄を机にかけた途端、底抜けに明るい声がした。

「はよー！　ゆかり。今日もいい天気！」

「相変わらず能天気だな」

呼ばれて飛びでて、麻里乃のご登場だった。

「なんかお腹空いたね！」

「あんたホント自由だね」

まだ学校始まったばかりなのに。

「そーいや、ゆかり、校門でミチコ先生に怒られてなかった？」

「いや、別に怒られてはないって。進路希望調査を出しただけだし」

ついさっき、校門のところでミチコ先生にばったり出くわしたのだ。勢いに任せて、あたしはその場で進路希望調査を提出した。ミチコ先生はささっと目を通すと、いつものクールな調子で「はい。受け取りました」といってから、ほんの少しだけ柔らかい声と顔になって、「がんばってね」と続けてくれた。

「ほほーう。決めたんだ、進路」

にこにこしながら、麻里乃があたしの背中を叩いた。

「ん。どこにするか絞りきったわけじゃないけど、とりあえずね。ずいぶん待たせちゃったし」

あたしがそういうと、麻里乃は「ふーん」と、興味があるんだかないんだかといった相槌を打ってから、ころっと表情を輝かせた。

「そだね。まあ、卒業までまだまだあるしっ」

あたしたち二人は、声を合わせて笑った。


そして、放課後の部活動がやってきた。

しんと静まった美術室で、たった一人、あたしは筆の入っていないカンバスをじっと眺めていた。

前と同じで、なんにも進んでいない。

でも、前と違って、あたしは楽しくて仕方がなかった。

目を瞑ると、いろいろなイメージが虹みたく浮かんでくる。どういった絵に仕上げていくか、どの色をどう使うか、アイデアを膨らませているだけで、あっという間に時間が過ぎていった。

これだから、絵を描くのはやめられないんだ。

やがてあたしは、柔らかな黄色と、鮮烈な赤色の、お互いを引き立てあう相性ぴったりな二色を選び取った。

今回は、ふわっとして、甘酸っぱい、おいしそうな絵を描いてみよう。

大丈夫、あたしならきっと描ける。

ぴっと一本筆を立てて、その奥に広がるカンバスを見据えた。

カンバスは、真っ白。

これから先、なにを描いたっていいし――

なにを塗ったっていいんだ。

引用出典　『ブッダのことば　スッタニパータ』中村元訳（岩波文庫）
『ブッダの真理のことば　感興のことば』中村元訳（岩波文庫）
『ブッダの詩《ことば》　知恵と慈悲のかたち』奈良康明（日本放送出版協会　生活人新書279）
『手塚治虫漫画全集300　ブッダ⑭』手塚治虫（講談社）

本書は二〇一四年四月に小社より単行本として刊行されました。

|著者| 靖子靖史　1987年鳥取県生まれ。早稲田大学、駒澤大学大学院卒業。宗立専門僧堂、岡山県洞松寺にて安居。曹洞宗研鑽僧として渡欧し、オランダの禅川寺、フランスの観照寺、龍門寺を行脚。2012年『そよかぜキャットナップ』で第10回講談社BOX新人賞Talents賞でデビュー。他の著書に『ハイライトブルーと少女』がある。清新で軽快な文体とミステリ的手法を駆使して綴る青春奇譚で注目を集める新鋭作家のひとり。

空色《くうしき》カンバス　瑞空寺凸凹縁起《ずいくうじでこぼこえんぎ》

靖子靖史《やすこやすふみ》

2019年8月9日第1刷発行

発行者――渡瀬昌彦
発行所――株式会社　講談社
東京都文京区音羽2-12-21　〒112-8001
電話　出版（03）5395-3510
　　　販売（03）5395-5817
　　　業務（03）5395-3615

Printed in Japan

講談社文庫
定価はカバーに
表示してあります

デザイン―菊地信義
本文データ制作―講談社デジタル製作
印刷――――豊国印刷株式会社
製本――――株式会社国宝社

ISBN978-4-06-515413-7

講談社文庫刊行の辞

二十一世紀の到来を目睫に望みながら、われわれはいま、人類史上かつて例を見ない巨大な転換期をむかえようとしている。

世界も、日本も、激動の予兆に対する期待とおののきを内に蔵して、未知の時代に歩み入ろうとしている。このときにあたり、創業の人野間清治の「ナショナル・エデュケイター」への志を現代に甦らせようと意図して、われわれはここに古今の文芸作品はいうまでもなく、ひろく人文・社会・自然の諸科学から東西の名著を網羅する、新しい綜合文庫の発刊を決意した。

激動の転換期はまた断絶の時代である。われわれは戦後二十五年間の出版文化のありかたへの深い反省をこめて、この断絶の時代にあえて人間的な持続を求めようとする。いたずらに浮薄な商業主義のあだ花を追い求めることなく、長期にわたって良書に生命をあたえようとつとめるところにしか、今後の出版文化の真の繁栄はあり得ないと信じるからである。

同時にわれわれはこの綜合文庫の刊行を通じて、人文・社会・自然の諸科学が、結局人間の学にほかならないことを立証しようと願っている。かつて知識とは、「汝自身を知る」ことにつきていた。現代社会の瑣末な情報の氾濫のなかから、力強い知識の源泉を掘り起し、技術文明のただなかに、生きた人間の姿を復活させること。それこそわれわれの切なる希求である。

われわれは権威に盲従せず、俗流に媚びることなく、渾然一体となって日本の「草の根」をかたちづくる若く新しい世代の人々に、心をこめてこの新しい綜合文庫をおくり届けたい。それは知識の泉であるとともに感受性のふるさとであり、もっとも有機的に組織され、社会に開かれた万人のための大学をめざしている。大方の支援と協力を衷心より切望してやまない。

一九七一年七月

野間省一